新　潮　文　庫

「さよなら」が知ってる
たくさんのこと

唯　川　　恵　著

新　潮　社　版

6735

目次

はじめに　9
ひとりの時間をどう過ごしてますか
寂しさ、このやっかいなもの　15
愛されなかったことを卑屈に思わないで　22
終わった恋にピリオドを打つには　31
輝きたいの　39
思い出を壊す時　46
それでも優しい男が好きですか　58
いい人であることが自分を追い詰めてゆく　65

誰も知らない私がいる

他人の恋は自分の恋の参考にはならない 75
今の生活、そんなに不満ですか 82
照れてはいけない、恥ずかしがるのはいいけど 90
不倫の恋はスペシャルである 96
自分のことが好きになれないあなたへ 105
女と男のわからないこと 112
男について、少しだけわかったこと 120
お金という便利でやっかいなもの 131

欲しいものは何だろう
私が決める、さよなら 141
ベッドの中で考えること 150
結婚というひとつの選択 158
嫌いな奴との付き合い方 169
マドンナにはなれなくても 176
親愛なる「あなた」へ 183
時がおしえてくれること 190
文庫版 あとがき 196
解説 中山庸子

「さよなら」が知ってるたくさんのこと

はじめに

「さよなら」

を、かつて私は、救いようのない結末にしか結びつけられなかったように思います。

でも今は、そんな自分を笑ってしまいたくなります。

私が知ったたくさんのことは、いつも「さよなら」が教えてくれました。

幼い頃、好きな童話は、なぜかみんな悲しい結末のものばかりでした。ハッピーエンドももちろん読みましたが、その時は幸せな気分になれても、すぐに忘れてしまうのです。

どうして人魚姫は海の泡になってしまったのだろう。

かぐや姫は月に帰って、それからどうなったのだろう。

おなかを裂かれた狼《おおかみ》は？　年老いて醜くなった王妃さまは？

それらに泣きながら、畏《おそ》れながら、時には怒りながら、私はたくさんのことを想像し、さまざまな心の不思議を知ったような気がします。

大人になると、自分を守るための鎧《よろい》をまとったり、悲しい結末から上手に身をかわす術を覚えるようになってしまいました。

「さよなら」を言いたくない、言われたくない。

もちろん「さよなら」は人と人の別れだけに使うものでないということはわかっています。

失ってしまった大切なもの。

大切な時間。

大切な思い。

そして自分自身。

けれども、何かを得た時、たぶん人は何かを捨てなくてはなりません。

すべてを抱え込んで生きてゆくことなんてできないのだから。

自分の意志で捨てる時もあれば、否応《いやおう》なしに捨てざるをえない時もあるでしょう。捨てるつもりなどまったくなかったのに、気がつくと、失っていたというような時も。

確かに、それはもう私の手の中にはありません。

けれども今手にしているものと、失ってしまったものと、どちらが価値があるかなんて、どうして決められるでしょう。

考えてみれば、今あるものすべては、その失ったものによって得たものである、とも言えるはずです。

それらは手から離れていったからこそ、その重さや鮮やかさを、さらに強烈に感じさせてくれることもあるはずです。

「さよなら」

という言葉に、こうして惹《ひ》かれてしまうのは、それが決して別れの言葉ではないことが、ようやくわかったからかもしれません。

ひとりの時間を
どう過ごしてますか

あなたは彼に受け入れられなかったかもしれない。

けれど、

この世のすべての人に受け入れられなかったわけではないのです。

彼の判断は、神の審判ではないのです。

愛されなかったことを卑屈に思わないで。

寂しさ、このやっかいなもの

ひとり暮らしを始めて十年がたちました。

その間に、ひとりで暮らすということの、いいところも悪いところも知りました。

いいところはもちろん自由であること。

部屋は自分だけの城です。好きに寝て、好きに起きる。食べたい時に食べ、テレビも観《み》たい時に観る。掃除をしてなくても誰からもとやかく言われないし、一日中パジャマ姿でいても構わない。

だらしなくなるという意見もあるでしょうが、全部、自分に振りかかって来ることだから。誰に迷惑かけているわけではないんだから、ま、いっか、でしょう。

お風呂《ふろ》から上がって裸のままウロウロしたり、ドアを開けっ放しでトイレをするなんて、こんなリラックスはありません。

では、悪いところ。

これもいろいろありますが、集約するとただひとつになります。

寂しい。

私はよく人から聞かれます。

「ひとりで暮らしてて寂しくない？」

そういうことを聞くのはやはり年の近い既婚者が多いようです。

以前は、ちょっと突っ張ってたところもあったので、

「じゃあ、ふたりで暮らしてたら寂しくないの？」

なんて、言い返していました。そこに何となく憐《あわ》れみのような感情が見え、いたく自尊心を傷つけられていたのです。実際、尋ねる方には確かにそれがあるわけで、

「自由かもしれないけど、やっぱりシングルのあなたって可哀相《かわいそう》、その点、私はさ、ふふ」

ってことだったのでしょう。

けれど最近は、素直に言います。

「うん、寂しい」

ひとつは、ムキになるほどもう子供ではなくなった、というのがあります。今さら突

っ張ってミエを張ってもしょうがない。事実は事実ってことでしょうか。

もうひとつは、尋ねる相手が、もしかしたら自分自身を安心させるために、つまり自分が選んだこの生活が正しいと確認するために、わざわざ尋ねるのかもしれないなあ、と感じる時があるからです。一種の精神安定剤みたいなものでしょうか。

さらにもうひとつ言えば、世の中、寂しくない人間なんていないということを知ったからかもしれません。

よく占いなどで「表面上はどう見えても、あなたは本当は寂しがり屋」なんて書いてあると、それを読んだ全員が、当たっていると思うはずです。

つまり、寂しい、というのは特殊な感情ではなく、誰もが平等に持ち合わせているのです。楽しい、という感情と対照的でありながら、結局のところ似たような種類のものではないかと思うのです。

だから、楽しい時に思い切りそれに浸ってしまうように、寂しい時も躊躇《ちゅうちょ》しないでそれにどっぷり浸ることも必要なのではないでしょうか。

「週末は憂鬱《ゆううつ》で仕方ありません。親しい友達もいないし、恋人もいません。そんな時、死にたくなるほど寂しくなってしまいます」

こんな相談を受ける時があります。かつては、自分自身を思い返して、

「大して仲がよくない友人でも、どんどんこっちから連絡を取ったらどうでしょう。とにかく家に引き籠《こ》もってないで、外に出るべきです」

なんて言っていました。特に若い女性に対しては。

でも今はちょっと違います。

今さら訂正するのは、申し訳ないのですが、

「ひとりの時間を大切にして欲しい。寂しいと感じることを必要以上に怖がらないで欲しい」

という気持ちです。

その中には、寂しさのためにたくさんのことが本末転倒になってゆく、ということを知ったからだというのがあります。

たとえば、大事なのはその友人と自分がどれほど気持ちが通じ合っているか、ということなのに、寂しさを紛らすためにやみくもに知り合いに連絡を取って一緒に遊ぶ、というようなことをくり返してしまう。

そうじゃなくて、心から寛《くつろ》げる友人と一緒に過ごしたら寂しさを忘れていた、というのが本当でしょう。

寂しさに負けて、どうでもいい知り合いと会い、結局は疲れて帰って来る。楽しくは

なかったけど、寂しくなかったんだからそれでよかったんだと自分を納得させる。

　でも、それは単に時間を潰《つぶ》したということにしか過ぎません。部屋でひとりでぼんやりしていたのとどれほどの違いがあるのでしょう。

　デートにしても、しかりです。寂しいから、好きでもない男と会った。それが新たな展開に進めば儲《もう》けもんだけれども、どう考えても好きになれない。でも、翌週も予定はないから、また会うことにした。

　なんていうのは、相手に対しても失礼ってものです。

　こういう経験をした方は結構いるはずで、家にひとりで帰って来た時の後味の悪さときたら、例えようもないんですよね。

　こんなことを繰り返していても、寂しさが癒《いや》されるはずはありません。

　私は今はこんな職業なので、日曜日も月曜日も関係ないのですが、会社にお勤めしていた時は、月曜のロッカー室が苦痛でなりませんでした。週末どんなふうに過ごしたかの報告大会になってしまうからです。

　ましてやそれが三連休なんて時には「ずっと家にいた」とはどうしても言えません。

　かといって、嘘《うそ》をつくのも気がひけるので、そのロッカー室報告大会のために、「一日目は高校時代の友人と会って、二日目は誰でもいいから男と名のつく相手と映画に行って、三日目は家族でドライブ、ということにしよう」と、わざわざそのために電話をし、連絡を取って、予定をたてたりしたものでした。

寂しいのはイヤ、人から寂しいと思われるのはもっとイヤ。

今も、その気持ちがまったくないとは言えませんが、やはり変わったような気がします。

「週末は恋人と海沿いのレストランで豪華なディナー」

というのも、もちろん羨《うらや》ましいけれど、

「久しぶりに市場まで買い出しに出て、時間をかけて煮物を作ってみたの」

と、いうのもいいなぁって思ってしまう。

「連休は友達四人で温泉でパーッ」

というのも、楽しそうだけど、

「読みたい本がたまってて、夢中になって読んでたらいつのまにか終わってた」

と、いうのも素敵だなぁって感じてしまう。

他人からすれば、孤独な週末のように見えてしまうかもしれないけど、まず私自身がそれを「ひとりだなんてお気の毒」などと想像するような子供ではなくなったということです。

自分で自分を楽しませることができる。

これはとても重要なことです。そして、大人になるということは、それがちゃんとできる、ということだと思います。

ビーズ細工が趣味で休みが待遠しいという人。週末はいつもエステに行ってぴかぴかになって来る人。映画が好きでビデオを観まくる人。ひとりで山歩きをする人。絵を描く人。フラメンコの練習に出掛ける人。

そんなふうに、自分が楽しめる何かを持っている人は、例外なく、みんな輝いています。

私はもう、週末は友達や恋人と会うので予定がいっぱい、という生活にあまり魅力を感じなくなってしまいました。

もちろん時にはそういう週末の過ごし方もあってもらわなければ困るのですが、それとは別に、ひとりの時間をどう楽しんだか、という方に興味を惹《ひ》かれます。

誰かがいなければ楽しめない。

ではなくて、

ひとりでいても楽しめるから、誰かと一緒にいても楽しい。

そういった時間を過ごせたら。

誰でもない、自分で自分をちゃんともてなせるようにならなければ、寂しさという感情に、いつまでも振り回されてしまうに違いありません。

愛されなかったことを卑屈に思わないで

同性の友達に好かれ、信頼もされ、外見だって人並みなのに、なぜか恋がうまくいかない女性がいます。

どうしてそうなのか、周りにしたら不思議に思えてなりません。だから「ほんと、男って見る目がないわね」という結論にいたります。

私もかつてはそう思い、男の恋の基準が理解できず、何だか無性に腹が立って、

「いいじゃない、そんな男は放っておけば。いつか絶対にあなたにぴったりの人が現われるわ」

と、言ったことがあります。

でも、今は少しわかります。どうして彼女が彼に愛されなかったか。

J子は何をおいても彼のことをいちばんに考えていました。

だから自分の予定というのは、いつもほとんど白紙です。友達と会うのは、彼とは絶対にデートできないことがわかっている日だけです。

もちろん、そんなことは友達には言わないし、彼にも言いません。いつも誘いを待ってる鬱陶《うっとう》しい女、と思われたくなかったからです。

J子は彼に我儘《わがまま》を言うことはまずありませんでした。夜遅くにどこどこまで迎えに来てと電話したり、誕生日にあれが欲しいとプレゼントをねだったり、旅行に連れてってなんてことも。たとえ急にデートがキャンセルになっても、文句を言ったりしません。

大切な彼だからこそ、そんな彼を困らせたり煩《わずら》わせたりしたくなかったのです。

そんなJ子は、彼にとってみれば、いわば女のかがみ、文句のつけようのない彼女だったはずです。

でも、一年ほど付き合って、結局J子はフラれてしまいました。

みんなはひどく腹をたてました。こんないい彼女にいったいどんな不満があったのって。私も同じ気持ちでした。

確かにJ子はいい子です。それに間違いはありません。けれど、たぶんそこ、そのいい子過ぎたところがこんな結果を招いてしまったのです。

恋人は、きっといい子になる必要などないのでしょう。

むしろ、彼にとってどう悪い女になるかということに心を向けた方が得策でしょう。

J子は電話をすればすぐに出て来る。デートを断ったことがない。我儘も言わない。従順でおとなしい、いわば、完璧《かんぺき》に調教された犬のような感じです。そういった犬のことを悪く言っているのではなく、それならそういうタイプが好きな人と一緒にいればいいのです。

彼はたぶん、時には咬《か》みついて来るような、放っておいたらどこに行ってしまうかわからないような手応《てごた》えのある女性を望んでいたのでしょう。

今だったら、こう言います。

「何にもないのに、何かあるように見せる。時には、もったいぶった女になることも必要なんじゃないかな」

もし、自分にJ子のような彼がいたら、と考えたらわかりやすい。最初は嬉《うれ》しいし有り難いかもしれないけれど、いつか恋から遠ざかってしまうような気がします。

私が欲しいのは、私に優しいだけでなく、厳しさや無茶を見せてくる人です。

人の身体《からだ》の中には良菌だけでなく、たくさんの雑菌があるように、時には、彼に中毒を起こさせるような女であることも必要なのでしょう。

さて、次はK美《み》です。

彼女は、同性だけでなく異性の友達もたくさんいます。とにかく明るくて元気。一緒にいるだけで楽しくなる。飲み会などの誘いも多く、知らない人ともすぐに仲良くなれます。

美人なのに少しも気取ったところはなく、さっぱりしていて姉御肌のところもあり、誰に聞いても評判はすこぶるいい。

そんなK美が恋をしました。相手は仲間内のT夫《お》。

とにかくふたりは普段から仲がよくて、よくふたりで飲みにいっていたし、時々、ふざけてプロレスごっこなんかもやるような仲でした。

だから当然、結ばれるとばかり思っていました。

でも、T夫の答えは「NO」でした。

周りはもう「なぜ？」の嵐《あらし》です。

恋というのは性です。性というのは、何もセックスをするみたいなことばかりを言っているのでなく、男と女の性の違いを意識する、こういうところから始まると思うんです。

今までふたりはずっと「おっす」的なノリで付き合って来て、彼の方はまったくK美に性を感じてなかった。

それが急に「私も女」みたいに出られても、男の方は戸惑うばかりです。時には、思いがけない時に彼女の女の部分を見てクラッと来ることもあるでしょう。そうなればしめたもんですが、そううまくはいきません。

男の中では、いえ女の中でもそうなのですが、友達と恋とはまったく別のところに存在しているのです。

逆のことを考えたらわかります。

ずっと友達だと思っていた男から、急に「好きだ」と告白を受けて、ひどく戸惑ってしまったことありませんか。言葉は悪くなりますが、正直言って気持ち悪い、なんて感じたことはありませんか。これは生理的な問題ですから、どういう感情を抱いてしまうかは、責任が問えないでしょう。

もう何年も付き合ってて、気心もしれ、人間性もよくわかっている男友達より、昨日現われたどこの馬の骨ともわからないような男に恋をしてしまう。

そんなもんです、恋って。

男友達をたくさん持っている、というのはとても素敵なことです。そんな女性を見ると羨《うらや》ましい。でも時に、恋にはそれがアダになることもあるのです。「ダチ」になり過ぎないこと。

いったんそうなると、そこに「性」を見いだすのは難しいものです。

最後はH子です。

彼女もとてもいい子です。彼女はずっと、ひとりの男、S也《や》のことが好きでした。S也もそのことには薄々気がついています。だから優しくしてくれるのですが、恋には発展しません。実はS也には、ずっと付き合っている恋人がいるのです。

でも、その恋人というのがとんでもない女です。人を平気で利用する。嘘《うそ》をつく。悪口を言う。お金にルーズ。その上、男にもだらしないと来ています。だから当然のごとく、同性の友達なんかひとりもいません。女性の間では、もっとも嫌われるタイプの奴《やっ》なのです。S也もいつも彼女のことでは頭を悩ませています。

でも、S也は彼女と別れようとはしません。周りの者は「絶対に、H子の方がいいのに」と思っています。H子自身も「私なら、彼女より彼を幸せにしてあげられるのに」と自信を持っています。

でも、ダメなのです。S也の気持ちは恋人に向いたままなのです。結論から言ってしまえば、それは仕方がないと思って諦《あきら》めるしかないでしょう。相性、というもの。これはどうしようもないものです。自分の力でさえ、どうすることもできないのです。

あなたに、人からすれば変なものだけれど、自分にとってはかけがえがないというものはありませんか。それは小さい時から使っている汚いタオルケットかもしれない。ところどころ歯の折れたブラシかもしれない。でも、それがないと落ち着かない。どれだけ人に言われても捨てられない。

それは人の心の奥底にあるドアの鍵《かぎ》のようなものでしょう。

そのドアの向こうには、自分にとって心地よいベッドがあります。そこに横たわると、最高に幸せな気分になれるのです。

S也にとって、彼女がその鍵なのだと思います。たとえ錆《さ》びて形が悪くて、みんなからは手にするのもイヤと思われても、鍵は開けられることがいちばん重要なのですから。

あんな女のどこがいいの。彼は騙《だま》されているのよ。

そう言ってしまうのは簡単です。そう言っても構わないと思います。でも、彼女には勝てない。それを認めなければならない時もあるのです。

と、三人の女性のことを書きましたが、これだけは言わせてください。

確かに、彼女たちは彼に愛されなかった。でも、それは彼女たちが悪かったのではありません。だから、自分を責める必要なんてまったくないのです。

時折、彼に拒否されることで自分を否定してしまう女性がいます。

「私はダメなんだ。女として失格なんだ」

でも、それは違う。

もしダメだと思うなら、男の方を「ダメな奴」と思うこと。

ここだけ命令口調になってしまいますが、そうです、そう思うべきです。

私は決して悪くない。

あなたは彼に受け入れられなかったかもしれないけれど、この世のすべての人に受け入れられなかったわけではないのです。

彼の判断は、神の審判ではないのです。

あなたにも、嫌いなものがあるでしょう。蝶《ちょう》が嫌い、でもトンボは好き。でも、蝶には何の罪もないし、世の中には蝶を好きな人もいっぱいいます。だいいち、蝶とトンボはどっちがえらいというものではありません。

愛されなかったことを、卑屈に思わないで。

彼に愛されなかったことで、誰か他に愛してくれる人がいる、ということを知ったのだと考えて欲しい。

今は悲しいし、悔しいかもしれないけれど、いつか本物の恋人にめぐり会い、あなたを拒否した男に「どうだ！」と余裕の笑顔を向けてやりましょう。

終わった恋にピリオドを打つには

恋のことで、たくさんの女性が悩みを抱えています。私のところにもお便りがあるし、そういった取材もよく受けます。

どれも大変だなぁって感じるものばかりですが、その中の、ふたりの気持ち以外のことについての悩みに関しては、いくらか気楽な気分で受けとめられます。

恋にトラブルはつきもの。

結婚したいのに家族が反対しているとか、遠距離恋愛なのだけど今の仕事をどうすればいいかとか、もちろんそれらは大変なことには違いないですが、結局はふたりでとことん話し合い解決するのがいちばんだし、それしかない、そうできるとも信じています。

お互いがお互いを心から必要とし、この恋を成就《じょうじゅ》させたいという強い気持ちがあるなら、きっとうまくいくはずです。

私がつらくなるのは、もう終わっているとわかっていながら、その恋にピリオドを打つことができず、ただもう茫然《ぼうぜん》と立ち尽くしている女性の嘆きです。

失恋、とひと口に言ってしまえば簡単です。けれども、時には「この世から自分を消してしまいたい」と思うことさえあるでしょう。

実は、私がそう思ったひとりです。

本当につらかった。

こんなにつらいならいっそのこと……と、本気で考えました。実際、どんな方法があるだろうかと調べもしました。たやすく実行できて、後に家族に迷惑がかからなくて、なんて。でも、やっぱり頭の中で考えるだけで何もできなかったですけど。

だから事故にでも遇《あ》えばいいのに、といつも考えていました。自分でできない分、偶発を期待するという感じです。

夜道を歩くなんてことは平気、通り魔に刺されてもいいや、と思っていたからです。工事現場の近くを通りかかる時は、上から鉄骨が落ちて来ないかな、と、車が走っていると轢《ひ》いてくれたらいいのに、と思いました。

とにかく何もヤル気が起きません。いいえ、何をやってもダメで、仕事はうまくいかず、友達とは気持ちが通じ合わず、家族と会ってもイライラするばかりで、自分がどこにいても心が安らがないのです。

五感はほとんど麻痺《まひ》状態で、何も食べたくないし、夜は眠れないし、見えるものは色彩が感じられず、聞こえるものは涙を誘うばかり。生きる屍《しかばね》、という言葉がありますが、まさにそうだと言えるでしょう。

あの時のこと、今こうして思い出しても、ただ、ただ、暗かったです。と、まあ、私にもこんな経験があるので、たかが失恋くらい、などとはとても言えないのです。

今は、失恋はひとつの病気なのだと思ってます。気持ちの問題とか言う人もいますが、私にはそうは思えません。そんな程度の失恋なら、放っておいても治ります。それで治らないから、苦しいんです。

これは絶対に、強力な病原菌が心にとりついてしまったのです。

病気になったら、誰もが治療をします。失恋だって同じです。治療が必要となります。けれどその治療にはいろいろと種類があります。人に効いたからと言って自分に効くとは限りません。かつてはそれで治ったけれど、今回もまた、とも言えません。

どんな治療が今の自分には必要なのか。

ある女性はこう言いました。

「私はね、とにかく新しい男を見つけるの。西城秀樹《ひでき》もその昔歌ってたじゃない。『恋の傷は恋でしか癒《いや》せない』って。早い話、誰でもいいの。嫌いじゃなければ。もしまた、その人に傷つけられることになってもかまわない。だってその傷の痛みで、前の彼のことが忘れられるなら、それでいいの」

これはかなり荒療治のようです。

でも、彼女の気持ち、わからないでもありません。同じようなこと、私もしたことがありますから。

ひとりになった寂しさや、女としての名誉を挽回《ばんかい》したいという気持ちが、きっとそうさせるのでしょう。

失ったものを取り戻したい。

ぽっかりあいた穴を埋めたい。

でも、それは恋じゃありません。似ているだけのまがいもの。恋の傷は恋で癒せるのは真実でも、恋じゃないのだから癒すことなんてできるはずがないのです。

失恋して、誰でもいいという気持ちで付き合っても、結局、較《くら》べてしまうだけでしょう。

あの人はこうじゃなかった、こんな言い方はしなかった、こんな笑い方もしなかった、という具合に。

むしろ、去って行った人の面影を鮮明にするだけです。

別の女性は、

「私は環境を変えるの。まずは旅行。会社に無理言ってでも、一週間ぐらい休暇を取って海外に出るの。いい気分転換になるわ。それから引っ越すの。お金がなくなっても構わない。新しい環境に身を置くの。それも効果大よ。仕事を変えたこともあるわ。人間関係をすべて白紙にして、新しい出会いを作るの。失恋した時って、何もする気が起こらないでしょう。そういう時こそ、思い切った行動を起こした方がいいのよ」

旅行や引っ越しは悪くないと思います。

お金と時間を潔《いさぎよ》く使ってしまう。

こういう時、ケチくさいことを考えない方がいい。とにかく使ってしまう。それ相応にお金を払えば、人は楽しまないと損だという気持ちになりますから。

つまり、そういう「欲」を持つことが大事なんです。

失恋した時、何を考えるかというと自分の存在価値のようなものです。私はいったい何のために生きているんだろう。いなくたって世の中は何も変わりはしない。結局は、不用品みたいなものなんだ。

そういう気持ちの時、刺激になってくれるのは、実は欲望です。

あれを食べたい。あのバッグが欲しい。あの洋服を着たい。

すごく単純だけど、そういった欲望こそが、もっと生きてみたい、生きなきゃ損だ、ということにつながってゆくのだと思います。

でも、仕事を変わるというのは、よく考えた方がいいかも。

同じ職場に失恋の相手がいるというのなら、まあ仕方ないかもしれないけれど、今まで積み上げて来たキャリアをそれで失ってしまうのはちょっともったいない。もちろんこの世から消えてなくなるくらいなら、辞めた方がいいに決まってますけど。

ここは思案のしどころです。


時折、失恋すると何もかも失う人がいます。

恋人だけじゃありません。仕事はイヤになって辞めてしまい、友人には泣きつき過ぎてうんざりされ、お金はなくなり、格好などどうでもいいので顔も髪型もボロボロ、これじゃますます落ち込んでゆくばかりです。

じゃあ、どうすることがいちばんの治療になってくれるのか。

コレ、という決定打を教えてあげられないのが心苦しいです。正直言って私にもわかりません。実は自分に効くものも、まだ見つかってはいないのです。

失恋した時って、つい、彼の幻影に縛られて、あの時ああしていれば、なんて後悔に打ちひしがれたり、もう彼ほど愛せる人は現われない、などと、思い込みの世界にはまってしまいがちです。

けれどもそれだけは意識してやめるようにした方がいい。

確かに、彼との素敵な思い出がたくさんあるでしょう。

でも、いいところばかりではなかったはずです。悪いところもあったはず。それを忘れてはいけません。

よく、失恋した彼とどんなに本気の恋をしていたか、というようなことを延々と話す人がいますが、ふたりが本当にお互いを理解し、かけがえのない相手だったとしたら、別れることなどなかったのです。

でも現実には別れてしまった。結局は本物ではなかったのです。

思い出を美化して別れから目をそらせるのではなく、ちゃんとそういったところも認めなければ。

きつい言い方になってしまうけど、現実は現実なんですから。

恋って本当にやっかいなもの。

あのつらい失恋をした時、私も心に誓いました。

「もう恋なんてしない。二度とごめんだわ」

そんな時、同じような失恋をした友人がこんなことを言いました。

「私ね、誰も知らない海辺の町に行って、一生ひっそりと生きてゆきたい。男なんかもういらない」

その時、私は「そうね、私もそうしたい」なんて頷《うなず》いていましたが、今は「絶対に嘘《うそ》だ」と思っています。

誰も知らない海辺の町に行ったって、結局はそこのハンサムな漁師に恋をするんです。で、すったもんだを始めるんです。

恋って免疫《めんえき》ができないもの。

困ったことに、そういうものなのでしょう。

輝きたいの

一度だけの人生、どうせなら思い通りに生きてゆきたい。

別に、人にどう思われても構わないけれど、自分自身が「私らしく生きてる」って実感できる生き方をしたい。

それ、よくわかります。

そのためには、自分がしたいこと、というものをちゃんと持っている人と持ってない人の差は大きい。

確かに「自分がやりたいこと」と「自分ができること」が一致してくれることはなかなかありません。「自分ができること」が「自分に向いてること」とも限りません。

生活するためにはお金が必要で、したいことがあるのに、そちらにまでなかなか手が回らないとか、しがらみがあって、今の状況から抜け出せない、なんてことも。

そんな苦労はいろいろとあるだろうけれど、やっぱり人は「したいことをする」というのが、いちばんだと思うのです。

この「したいこと」というのが、まだ見つからない人っていうのも多いと思います。

私もよくそんな相談を受けます。

「私、自分が何をすればいいのかわからないんです」

でも、そういう人には、これしか言えません。

ジタバタする。

ジタバタして、自分に波風をいっぱい立たせる。

何でもやってみる。習いごとでも、教室でも、通信講座でも、とにかく手を出してみる。講演会を聞きに出掛けて刺激を受けたり、本を読んで感動したりする。

今までの自分のパターンから外れているものの方がいいかもしれません。とにかく興味を惹《ひ》かれたものは、みんな試してみるのです。

たぶん、そのほとんどは無駄になるでしょう。でも、それを無駄とは思わない。お金と時間がもったいない、なんてセコい考えは捨てる。これは違っていたんだ、ということがわかっただけでも、価値があったはずです。

自分がしたいことを若いうちに見つけられる人もいますが、結婚して子供を産んでから見つけたという人もいます。時には、定年退職してからってことだって。

それはとても個人差があるので、

「あの人は、あんなに若いのにちゃんと自分の道を突き進んでる。それに較《くら》べて私は……」

なんて、やみくもにあせらないことも大切です。あせると、たいていスカを摑《つか》んでしまいますから。

そうやって、自分のしたいことをちゃんと見つけ、輝いている女性を私も何人か見て来ました。

それは仕事ばかりでなく、趣味として、ボランティアとして、と、どんな状況であろうと、それぞれに充実した時間を過ごしています。

私もそうなりたい、そんなふうに生きてゆきたい。

そんな女性たちを見ると、心から羨《うらや》ましく思います。

でも、羨んでいるだけでは自分は輝けません。

やがて、私はそういう女性たちに共通したものがいくつかあることに気づきました。

まず、彼女たちは必ず何かしら強い願望を持っています。

たとえば私が知っているフラワーアレンジメントをしている女性は「絶対に、あのホテルのメインロビーを私の花で飾りたいの」と言っています。

願望は誰にでもあるけれど、それをはっきりと口に出すっていうところに、実はポイントがあるのではないかと思うのです。

口に出すっていうのはなかなか勇気がいるでしょう。結局できなかったら「口ばっかりの女」と思われてしまうかもしれません。

でも、それでビビっていたら萎縮するばかり。特に若いうちは「有言不実行」でも全然構わない。できなくて笑われることなど怖れないことです。

イメージトレーニングというものが、いろんな方面で重要な効果を持つということはもうご存じでしょう。

願望というのも、同じではないかと思うのです。強く願うことによって、それに徐々に近づいてゆけるような、いえ、それがこちらに近づいて来るような、そんなパワーが養われてゆくんだって気がします。

もし、口にするのに抵抗があるなら、部屋の壁にでも書いて貼《は》っておくというのもいいかもしれません。

常に願望を持ち、それを意識している。これは結構、効果があるようです。

ふたつめは、自分流というものを持っている、ということ。

人と同じでなければ不安な気持ち、わからないではありません。私にもそういうところがたぶんにありますから。

たとえば今している髪型、自分としてはとても気に入っているのだけれど、みんなに「似合わない」と言われたら、あなたはどうしますか？　みんなの意見を取り入れて変えてしまいますか？

変えることが悪いわけじゃありません。自分が友人の言葉に納得したなら、変えればいいんです。

でも、本当に気に入ってるなら「これが私よ」と胸を張っていればいいんです。

そういうの、最初は「変わってる子」と思われるかもしれません。でも、ずっとそれを通していると、いつかみんなの方が変わって来ます。「そうか、それが彼女のやり方なんだ」というふうに。

ある女性は夜十時になると、必ずお化粧を落とします。外出してても絶対です。初めて一緒に飲んだ時、洗面所からスッピンで帰って来た彼女を見て、びっくりしてしまいました。そこに男性がいようと、仕事の途中であろうと、彼女は必ずそうします。

年も年だし、スッピンはちょっと見苦しい。それにみんながお洒落《しゃれ》して楽しんでるのに、それをやられちゃ場が台無し。ということでみんなからは「それはやめて、家に帰ってからにして」と不評だったのですが「これが私流だから」と彼女は答えます。

そんなことがずっと続いているうちに、もうすっかり慣れてしまって、今度はみんなの方から「もう十時よ、お化粧落とさなくていいの」なんて言われるようになりました。

出る杭《くい》は打たれる。でも、完全に出てしまった杭は打たれない。

それはもう個性、独特のスタイルと認められるのです。

最後に、単純である、と言うこと。

物事を難しく考えないこと。

シンプルに、そのままに受け入れること。

時々、言葉の裏側にすぐ何かあるんじゃないかと勘繰る人がいるでしょう。

実は私がそのひとりで、慣れない誉《ほ》め言葉なんてもらうと「この人、私にお金を借りようとしてるのかしら」なんて、これは冗談ですけど、つい裏に何かあるように思ったり、そうかと思えば「ううん、かいかぶりよ。私なんかダメ」と謙虚なんだか本当に自信がないのか、とにかく否定して、言葉をそのままに受け取らないところがあったりします。

これはまずい。とてもよくない。

もし、自分でスカートを縫ったとします。はいていったら友人に「上手ねぇ、あなたって指先が器用なんだ」と言われたら「そうだ、私は指先が器用なんだ」と真に受けてしまうのです。そうすれば、また縫おうという気にもなるじゃないですか。また縫えば、一枚目よりも上手に縫える。そうやって、どんどんうまくなってゆくのです。

これって、ブタもおだてりゃ木に登るパターン、と言えるでしょう。でも、それで登れるようになるなら、どんどんおだてに乗ってしまいましょう。

時々、あからさまに「こいつ、皮肉で言ってるな」というのもありますけど。でも、そんなのは気にしない。それさえ喜んでしまうぐらいの大らかさが必要です。素直に「ありがとう、うれしいわ」なんて言ったら、皮肉った方が恥じ入るでしょう。

と、思いつくまま挙げてみました。

この世の中は、楽しくないことがたくさんあります。だけど、それに負けてクサってしまうぐらいなら、それさえも楽しんでしまおうって太っ腹の気持ちを持ちましょう。

私は持ちたい。

思い出を壊す時

小説にしても、歌にしても、よく出てくるバージョンとして、別れた男との再会、というのがあります。

あの時、あんなに好きだったのに別れてしまった彼。久しぶりに顔を合わせて、ふと甘い痛みが甦《よみがえ》る。

たとえ今、それぞれに恋人がいたり結婚をしていたりして、それなりに幸福な毎日を送っていたとしても、いえだからこそ、もし彼と別れずにいたらどんな人生を送ったのだろう、などと考えてしまう。

好み、というのはこれでかなり普遍的なものです。

今見ても結構タイプだったりする。

「あら、私は場数を踏んで、男を見る目も変わったわ」

なんて言う女性もいますが、根本的なところで好きなタイプというのは変わらないように思えます。

前はフランス料理だったけど、今はイタリアンが好き、でも最近中華も、などといろいろ好みは変わるでしょうが、とりあえずそれとは別に、醤油《しょうゆ》味であれば落ち着ける、というようなものでしょうか。

再会した彼がよほど変貌《へんぼう》してない限り（すごく太ったとか、ハゲてたとか、性格がガラリと違っていたとかでない限り）気持ちは驚くほど簡単に、過去へと遡《さかのぼ》ってゆくでしょう。

そして、デキちゃう。

よくあるパターンは、やはりクラス会でしょうか。別れて時間がたてばたつほど、そうなるケースが多いようです。二年、三年ではなく、十年二十年たってからというのは、もっとあると聞きます。

これはまさに焼けぼっくいに火がついた、状態です。

終わったはずの恋なのに、再会したとたん、気持ちが一気に盛り上がる。彼を好きだった過去の思いが、時間を越えて甦って来る。

私、それはそれで、いいんじゃないのって思います。

人生、いろんなことがあるのです。再会もまた出会いのひとつ。気持ちが盛り上がってしまったものはしょうがないじゃないですか。

ただ、少し冷静になってからその状態を分析してみると、かつての気持ちとは微妙に違っていることに気づくようになるはずです。

ひと言で言ってしまえば、それは彼に対する想《おも》いというより、彼を想っていた自分に対する想いではないかと思うのです。

人はいつも、過ぎ去ったものを美化する習性があります。

今の自分とあの頃の自分を比較して「ああ、あの頃はなんて輝いていたんだろう」と、物悲しいような気持ちになるのです。

そして、あの頃の自分の象徴であった彼を目の前にして、あの頃の自分を取り戻したくなり、また彼に恋をしてしまう。平穏だけれども退屈な毎日を送る自分にも、まだ恋ができるんだという自信のようなものが欲しくなってしまうのです。

彼なら安心感があります。本当は知らない誰かと出会って恋をする方が刺激的なのですが、その人の素性が心配だったり、出会いから恋までの手順が面倒臭く感じられたりして、つい二の足を踏んでしまう。

その点、昔の彼なら一気に恋に発展できる。最初の垣根をとっぱらえば、気心も知れたふたりです。最後のところで心配はいらない。性格も生活も、だいたいのところはわかっている。安心する、という言葉は変かもしれませんが、彼に再び惹《ひ》かれてゆく自分に不安は抱きながらも、やはりどこかで安心できると思うのです。

こういうふうによくよく分析してゆくと、再会の恋というのは、意外と計算された上に成り立つものではないのかという気になってしまいます。

都合の悪いところはお互いに目をつぶり、恋という日常から離れた想いと時間だけを手にするのですから。

こんなこと書くと、皮肉な奴《やつ》だと思われるかもしれません。決して水を差すつもりはありません。

本心から思ってるんです。昔の彼とのふたたびの恋というのも捨てがたいと。

彼と別れてから、いろんな人と恋をしたけれど、いつも胸の隅に彼の面影が残っていた。その頃流行《はや》っていた曲を聞いたり、彼と同じトワレの匂《にお》いをかいだりした時、切なさが胸に広がる。もしどこかで彼と再会できたら……そんな想像を何度したことでしょう。そして、それが現実となったのです。

もう、ドアを開くしかありません。ドアを開けて、もう一度、あの甘い蜜《みつ》を味わうしかありません。

でも。

やっぱりここで、水を差してしまいましょう。

彼と再びの恋という蜜を味わったために、大切な思い出を自らの手で壊してしまうことになる、ということも、頭の隅に入れておきましょう。

彼女の話をしましょうか。

二十代の初め、付き合っていた人がいました。彼女は彼のことが好きで好きでたまりませんでした。この人と結婚したい、いいえ、この人以外の誰かと結婚するなんて考えられませんでした。

一年くらいはうまくいっていました。街中で見るどのカップルよりも、自分たちは幸福だと思っていました。

けれども、それは少しずつ壊れてゆきました。

たとえば、毎日の電話だったのが、かけると約束したのにかかって来ない。話し掛けてるのに真剣に聞いてくれない。時間を惜しむように会っていたのに、最近は忙しいと言ってばかり。ちょっとした口ゲンカ。デートのドタキャン。そんなことが続いて、彼女はついに怒りが爆発したのです。

「いったい私はあなたの何なの！」

彼の方にもいろいろ不満はあったのでしょう。

「俺たち、もうダメみたいだな」

と、言いました。そして彼女の方も頷《うなず》きました。

「ええ、そうね」

本当はまだ好きだったのに。好きで好きでたまらなかったのに。いいえ、そんな自分の想いに押しつぶされていたのです。彼への不満と不信をどう自分の中で処理していいかわからない。苦しくて、切なくて、こんなことならいっそ別れた方が、と思ってしまったのです。

彼と別れ、彼女は別の人と付き合いました。けれど長続きはしませんでした。また次の人と、でもそれも同じ。

彼との思い出が強烈過ぎて、どれもこれも本物の恋だとは思えないのです。

それから数年がたちました。彼女はシングルのまま三十歳になろうとしていました。

そんな時、彼と再会してしまったのです。

彼は結婚していました。それを聞いた時のショック。もちろん彼を責められるはずもありません。

ただ、自分はもう恋などできないのではないか、などと醒《さ》めた気持ちで過ごしていたのに、彼はしっかり恋愛なんかして、しかも結婚までしているのです。もしかしたら、彼も自分と同じ気持ちでいるのではないかなんて、バカな想像をしていた自分が情けなくてなりませんでした。

「せっかくだから、どこかでお茶でも」

ということになり、喫茶店に。

彼は相変わらず、コーヒーには砂糖もミルクも入れません。話は他愛無《たわいな》いものでした。共通の友人の情報とか、仕事のこととか。決して、まだあなたに心を残している、なんて素振りは見せないようにしました。

楽しく時間を過ごし、そして、最後に彼は言いました。

「また、会えるかな」

「ええ」

と、思わず答えてしまったことを、その時はさほど深く考えないようにしました。

別に大したことじゃない。懐《なつ》かしい友達としてそう言ってるだけ。もしここで「もう会えないわ」と言ったら、逆に、まだ過去にこだわっていると思われる、そんな気がしました。

何日かして、本当に彼から電話がかかって来た時、とても驚いたけれど、嬉《うれ》しさも否定できませんでした。彼は「食事でもしないか」と誘います。結婚してるくせに、と彼女は思いました。よく誘えるものだわ、と。でも、断れなかった。

出掛ける自分はうきうきしていました。まるで、彼と付き合っていたあの頃に戻ったような気がしていました。

そんな自分を笑いました。馬鹿馬鹿《ばかばか》しい、私ったら、何を考えているんだろう。彼とホテルに入ったことを、お酒のせいになんかできません。あんなに好きだった彼。なのに結婚できなかった。あの時もっと彼に優しくしていたら。もうちょっと我慢していたら。

そんな悔いが、彼女の気持ちに火をつけたのです。

彼は結婚している、という自責の念はありましたが、彼ともう一度こんなふうになれたことに、何か運命のようなものも感じました。

彼は好きだ、と言ってくれました。最初はとても嬉しかった。もっともっと言って欲しかった。

でもある時、ふっと気がついたのです。

「いつも、家でも奥さんにそういうこと言ってるの？」

冗談混じりにこんなことを尋ねた時でした。

「まさか、毎日一緒にいて、そんなこと言うはずがないだろう」

その時、思ったのです。あの時の彼も、決して私にそんなことは言わなかった。ダメになってしまったふたりだけど、あの時、確かに彼も私を愛してくれていた。改めて言葉にしなくてもわかっていた。言わないから、なおさらそうだと感じられた。

でも、今の彼は言う。たくさんたくさん言う。それは、そこには何もないから。裏付けになるものがない代わりに、言葉を尽くしているのではないだろうか。

一見、彼は彼女を心から想っているような状況に見えます。こんなに好きだって言ってくれるんです。彼が彼女を離したくないという気持ちにも、もしかしたら嘘《うそ》はないのかもしれません。でもそれは、自分は何も失わないということが前提です。

彼を好きだという気持ちは、彼女の中にも確かにあります。

けれど、彼女は自分が損をしているような気がしてなりませんでした。

愛情に損得などないはずです。そんなものを持ち出した時から、男と女の関係は別のものになってしまいます。目に見える損得ではないのです。もっと違ったところ、気持ちの問題です。損をしている、と彼女に感じさせるような不信を、彼の態度に感じてしまうのです。

ある日、彼女は言いました。

「私たち、もう会うのやめましょうか」

それはほんの冗談でした。彼女自身、彼が好きだったし、たとえ彼が結婚していても別れられるなんて考えてもいませんでした。

彼は真剣な表情でこう言いました。

「俺は別れないからな、絶対、絶対、別れないからな」

言葉そのものは、とても嬉しいはずなのに、彼女はシラけた気持ちになってゆく自分を感じました。

なぜ、この人はこんなふうに言えるんだろう。結婚しているじゃないの。奥さんと別れるつもりなどないじゃないの。なのに、どうしてそんなに断言できるの。

それがきっかけだったような気がします。

彼女の気持ちはだんだんと彼から離れてゆきました。

それは自分でも信じられないような変化でした。気持ちの中で、この人は結局何だかんだ言っても家庭を大事にし、昔の恋人と恋愛だけを楽しむ、典型的な身勝手男に思えて来たのです。

「別れたいの」

今度は、冗談ではなく、彼女は言いました。

それを口にするには、やはり勇気がいりました。

「絶対に別れたくない」

彼からは前と同じ言葉が返って来ました。

「私、結婚するの」

「えっ」

「お見合いしたの」

「そんな……」

「あなたが結婚してくれるなら、別だけど」

彼は何も答えませんでした。心のどこかで「妻とは別れる」という言葉を期待していた自分。

彼女はようやく目が覚めました。

「さよなら」

そして彼女は彼に背を向けたのでした。

結婚だけがすべてじゃない、それはよくわかっています。言葉にするのは気恥ずかしいですが、愛さえあればそんなことはどうでもいいんです。けれど、だからこそ、その愛が本物であるかどうかが、重要な問題になって来るのです。そして、強いて言うならば、自分の愛にも。

彼女には、彼の愛情がとても本物には思えなかった。恋というものにすり替わっていたのです。

再会して、過去を取り戻したいというような切羽詰まった気持ちが、恋というものにすり替わっていたのです。

この話、いいとか悪いとかではなく、きっとその時は、こうなるしか他に方法がなかったのだと思います。

ただ、彼女はこれで、大切な思い出をひとつ自らの手で壊してしまったことになりました。

もし彼と再会しなかったら、年をとっても「あの人のことはいい思い出だわ」と、甘く切なく思い出すことができたでしょう。でも今は、彼のことは思い出せば出すほどため息がもれるような存在になってしまったのです。

昔の彼との再会。

そのドキドキするような状況の中で、あなたは何を望むでしょうか。

それでも優しい男が好きですか

優しい男については、もう耳にタコができるくらい聞かされていることでしょう。

実際、私もこういったエッセイを書く時、必ず登場させてしまいます。

その話題はもう飽き飽き。

そう思いながら、やっぱり書きたくなってしまうのはなぜでしょう。そして、優しい男というものがとやかく言われながらも、優しくされるとやっぱり嬉《うれ》しくなってしまうのはなぜなのでしょう。

私は優しくされたい。

その優しさというのは、早い話、私が重い荷物を持っていたらさり気なく手にしてくれたり、気がついたらいつも車道側を歩いてくれていたり、疲れていてもおやすみの電話をくれる、などという恋につきものの、とってもわかりやすい優しさです。

こういう時、必ず持ち出されるのは「そういうのは、真の優しさとは違う」ということです。

もちろん、そんなことはわかっています。わかっていても、やっぱり私は優しい男が好き。そういった優しさを見せられると、シンプルに喜んでしまう。

優しくされるって本当に気持ちいい。だからもう、どうせならとことん優しくして欲しい。

でもある日、こんなことを言う男性に会い、ハタと考えさせられてしまいました。

「本当にそうなのかな。女は自分に優しい男が好きなのかな。心からそういう男を求めているのかな。僕は違うと思う」

別に知り合いというほどの男性ではありません。たまたま同席したというだけです。いつもの私ならきっと、

「自分が女性に優しくできないからって、それでうまく言い訳しようなんて虫がよすぎる」

ぐらいは言ったでしょう。でも、その時はうーんと考え込んでしまいました。

私はどうなんだろう。本当に優しい男を求めているのだろうか。

その時から、私は優しい男、というより「恋と優しい男の関係」というものへの考え

方が微妙に変わり始めたような気がします。それは変わるというより、ぼんやり映っていた部分に初めてピントが合った、というような感じかもしれません。

恋愛中の女性から、時々こういう類《たぐ》いのことを聞かされます。

「この間ね、デートの約束に遅れちゃったの。二時間も。なのに彼ったらずっと待っててくれたのよ、それも雨の中」

彼に愛されてるんだなぁって思います。そう、確かに彼は彼女に恋をしている。もう好きで好きでたまらないのでしょう。だから二時間だろうが、雨に濡《ぬ》れようがそんなことはおかまいなしで待っていてくれるわけです。

でも、それは彼のことです。彼女はどうなのでしょう。彼女は彼に対してどんな気持ちでいるのでしょう。

「もちろん、彼が好きよ。私には過ぎた恋人だと思ってる。こう言っては何だけど、私ぐらい幸福な恋愛してる人っていないと思う」

ええ、それもよくわかります。

その幸福にチャチャを入れるつもりはないのです。ないのですが……それは果たして本当に恋なのでしょうか。

逆に、こういうことを聞く場合もあります。

「彼って本当にひどいの。約束の時間に二時間も遅れて来るのよ。途中で雨が降りだしちゃってびしょびしょ。なのに謝りもしないの。最低よね」

たぶん以前の私なら、こんな優しくない彼を持ってお気の毒、と思ったでしょう。でも今はそうは思えない私がいます。

優しくされなくても、どころかそんなひどいことをされても、彼女は彼が好きなんです。考えてみれば、これってすごいことだと思いませんか。優しくしてくれる男に恋をしても当然かもしれないけれど、全然優しくしてくれないのに、それほど好きだなんて。

その時、私はどこかで、とことん優しくしてくれる彼を持っている彼女より、少しも優しくない彼を好きでいる彼女の方を、羨《うらや》ましく感じている自分に気がついていました。

誰もが恋をしたいと思っています。女性誌の特集で恋が抜けることはまずありません。そういった女性たちのほとんどはこう言います。

「いい加減な恋はしたくないんです。お手軽なのも、もうたくさん。本当の恋でなくちゃ」

そうでしょう、それが当然です。

最初に、優しい男が好きだ、と書きました。

何故《なぜ》、好きなのか。

それは私にとって都合のいい相手だからです。気持ちよく付き合えるからです。いい気分になれるからです。

私の思い通りにコトが運ぶ。要するに、私の自尊心をくすぐってくれる相手なのです。

それはどこかで恋とは違う。

恋そのものの解釈の違いかもしれません。

恋が楽しいなんて本当でしょうか。恋というのは、もともと苦しく切ないものなんじゃないでしょうか。

もちろん楽しくて仕方ないという時期もあると思います。ただくっついているだけで幸せというような状態です。

けれど、それは恋というのとちょっと違うような気もするのです。目の前に大好きな料理を出されて、心ゆくまで食べているような、そんな感じです。恋というのは、実は、満腹になったその後のことではないかと思うのです。

ある女性が失恋したと泣きの電話をかけて来ました。

とことん優しくしてくれた彼に甘えて、我儘《わがまま》ばかり言っていたら、愛想をつかされて去って行ったというのです。ずっといい恋をして来たと思ってたのに、こんな結果になるなんて、と彼女は言います。

そんな彼女に同情しました。可哀相《かわいそう》ね、とも思いました。でも、私はこうも思ってました。

彼女の恋はようやく今始まったんだって。

思い通りにならない人、遠くに去っていった人。でも、好き。という今こそが本当の恋をしているんだって。

私にとても優しかったあの人。私に寂しい思いなどさせず、いつも包み込んでくれました。その彼のことを思い出すと、ほんのり暖かな気持ちに包まれます。ありがとうっていう感謝の念もあります。なのに、ひどいことをしてごめんなさいって謝罪の念もあります。彼は今頃どうしているでしょう。

でも、言い換えればそれだけです。彼とのことはいい思い出、という形容しか思い浮かびません。

それに比べ、あの男。まったくひどい奴《やつ》でした。私を都合よく扱い、冷たい言葉を何度も吐きました。身勝手で自惚《うぬぼ》れが強くて、そのくせ臆病《おくびょう》。別れる時、どうせなら一発ぶん殴ってやればよかった。ほんと別れて正解。どこかでのたれ死にでもしていればいいのに。

なのに、その男を思い返す時の胸の痛みは、どこか甘やかなものが含まれているのです。もうずっと前のことなのに、街中であの男に似た人を見かけると、つい振り返ってしまうのです。

恋をしたいと思っているたくさんの女性たち、本当に優しい男を求めてますか？

優しくしてくれる彼を持つ女性を羨ましく思いますか？

それでもやっぱり、今も条件の一位にそれを挙げますか？

いい人であることが自分を追い詰めてゆく

ものすごく大雑把な分け方だけれども、この世の中には二種類の人間がいます。

他人の目をまったく意識しない人。

他人の目に自分がどう映っているか気になってならない人。

前者の人には何も言うことはありません。私が何か言ったって、どうせ気にもならないでしょうから。

問題は後者の方です。何故《なぜ》、問題なのか。

それはそういう人たちが、いい人と呼ばれる人ばかりだからです。きっと友達も多いでしょう。会社でも上司や先輩たちに信頼されているでしょう。

でも本当は、いい人でいることに疲れ果て、いい加減うんざりしているんじゃないでしょうか。もしくは、いい人であること以外に、どんな自分であればいいのかわからなくなっているのではないでしょうか。

だいたい、いい人っていうのは誉《ほ》め言葉なのでしょうか。

もちろん言われた相手にもよるかもしれないけれど、もし今「唯川《ゆいかわ》さんっていい人ね」と誰かに言われても、果たして喜んでばかりでいいのか、という気がします。そう言えば私が喜ぶとでも思ってるのかしら、なんて、本質的な所でちっともいい人でない私は、ついそういったひねくれた考え方をしてしまいそうです。

でも、思うのだけど、大半の人は私と同じことを考えているのではないでしょうか。自分で自分のことをいい人だとは思ってない。ただ、つい相手の要望に応《こた》えていい人らしく振る舞っているだけで。

ＯＬになりたての頃、私はいい人であろうと必死でした。いわゆるいいＯＬというやつです。

同じ課に何人かまとめて入ったのですが、私はみんなよりも少しでもいいＯＬであろうとそれなりに頑張りました。もちろんみんなも同じだったと思います。

その中にひとり、Ｔ美《み》としましょうか、彼女はそういうことに無頓着《むとんちゃく》、もっと極端な言い方をすればダメＯＬの見本のような女性でした。

朝掃除とお茶入れは、新入社員の仕事だったのですが、遅刻はしょっちゅう。いつも終わった頃に顔を出します。面倒な雑務、コピー取りとか、煙草《たばこ》のおつかいなどを、頼まれても露骨にイヤな顔をします。残業などは言うまでもありません。いつもまあよくそんなに言い訳があるもんだと感心するほどうまいことを言って逃げてしまいます。だからそういった雑用や残業は、必然的に残りの者に回って来るわけです。

「あの子には頼みづらくて。君はよくやってくれるから」

上司や先輩はそう言いました。

それは誉め言葉かもしれません。でも、私はいいOLを演じながらも、どこか納得がいきませんでした。朝掃除もお茶入れもコピー取りも煙草のおつかいも、ましてや残業も、なければそれにこしたことはありません。けれど頼まれたら断れない。それをしたからと言って、彼女よりお給料がよくなるわけでもない（まあ、残業の場合は手当がつきましたが、サービス残業の時もよくありました）。早い話、何にも変わらないのです。

もしかしたら「いいOL」でいるということは、面倒なことを押しつけられるただの都合のいいOLということではないか。つまるところ、T美の方がよほど得をしているのではないか、と思うようになって来たのです。

それでもなかなか「NO」とは言えませんでした。そんなことを言ったら、上司や先輩から睨《にら》まれるに決まっているからです。

ある日、T美の行動に腹を立てた同期のひとりが、ロッカー室で文句を言いました。

「あなたが面倒がってしない仕事は、みんなこっちに回って来るのよ。頼まれたことはちゃんとやってよ」

するとT美の答えはこうでした。

「イヤなら、あなたも断ればいいじゃない」

「ここは会社なのよ。お給料をもらってるのよ。そんな簡単に済む問題じゃないでしょう」

「そうかな。イヤなものをイヤと言ってどこが悪いの。私は別に、上司や先輩から好かれなくてもいいの。断った分、嫌われてるのは知ってるし、それを覚悟の上でやってるの。十分に報復は受けてるんだから、とやかく言われることはないと思うけど」

言われた方はシンとしてしまいました。いえ、そこで着替えをしていた誰も（もちろん、私を含めて）がそうでした。言い返す言葉が見つからなかったのです。頭の中では、無茶苦茶な論理、と思っていても、心の中では、確かにT美にも一理ある、という思いがありました。

T美はしばらくして、会社を辞めました。

会社というのは組織です。決めごとで成り立っている世界です。やはり彼女自身、居づらくなったのでしょう。もともとそんな中で過ごしてゆけるタイプの人ではなかったのです。

おかげで残されたOLたちは余計なイライラに悩まされることなく、仕事はスムーズに流れるようになりました。私も当然ながら、ほっとしたひとりでした。

でも、気持ちの中には何となくシコリのようなものが残っていました。

T美の考え方が、よかったなどとは思ってません。同僚としては本当に困った人だったから。けれど、彼女が持っていたあの姿勢は、ふと、自分を考えさせるものがありました。

彼女は、いい人だなんて思われなくても平気でした。他人にどう映ろうが、どう思われようが構わない。

その時、私は気がついたのです。

いい人であるなんて、いったいどれほどの価値があるんだろう。

結局は、そうあろうとする自分が自分を追い詰め、本来の自分じゃない誰かに姿を変えてゆくだけなんじゃないかって。

ある人があなたを「いい人」と言ったとしましょう。そりゃあ「いやな人」と言われるよりは嬉《うれ》しい。けれど、そもそも「いい人」の基準は何なのか。それはその人にとってあなたが単に「都合のいい人」にしか過ぎないということなのではないか。

ためしに相手に聞き返してみるのはどうでしょう。

「私のどこがいい人なの？」

「だって、この間、彼氏にふられた時、一晩中電話に付き合ってくれたじゃない。あなたが持ってたブラウス、誉めたら私にくれたし、居酒屋で飲んだ帰り泊めてくれたし、お金のない時は奢《おご》ってくれたわ」

つまり、どれもこれも、彼女にとっての都合のいいことばかりが「いい人」の基準になっていることが多いのです。

決して、それが悪いんじゃありません。そういった「いい人」の部分を持っているのはとても大切だし、なくしてしまう必要なんてありません。

けれど、それに縛られて、いつの間にか、こうしたら「いい人」でいられるという思いに追い詰められてはいませんか。

ひとりになって「ああ、しんどいなあ」なんて状態にはなってませんか。

それは他人にとってはいい人かもしれないけれど、自分にとっては少しもいい人ではないということです。

よく「我儘《わがまま》に生きることのすすめ」的なことが言われます。もう本当の意味がわかるようになりました。我儘、というのは悪い意味ばかりではないのです。いい人、が誉め言葉だけではないというのと同じように。

誰からも「いい人」と思われたいなんていうのは疲れるだけです。人は嫌われる勇気も持っていた方がずっと生きやすい。

そして、誰でもない、自分自身にとって「いい人」であることをいちばんに考える。その時、みんなが言う、そして自分が思う、本当の意味での「いい人」であることの難しさと嬉しさが初めてわかるのだという気がします。

誰も知らない
私がいる

苦しみにもがく時、人は必死に何かにすがろうとするものです。
恋に傷ついている時、誰かにすがりつきたくなる気持ち、
わからないではありません。
けれど、そういう時につかむ男はたいていスカです。
いっそのこと溺れてしまいましょう。
溺れて、自分の力ではい上がる。
本物を見つけるのはそれからです。

他人の恋は自分の恋の参考にはならない

私も恋愛に関して、色々と好きなことを書いている身なので、こんなことを言ったらすごく矛盾してると思われるでしょうが、やっぱり言ってしまいます。

恋のマニュアルに騙《だま》されてはいけません。

特に「私はこうして彼の心を摑《つか》んだ」なんてのは胡散《うさん》臭い。

というより、それで本当に自分も成功できるのでしょうか。

確かに彼の気持ちが今ひとつ摑めない時とか、ライバルが多い時とか、彼の気持ちが離れてゆくのを感じている時などは、じっとしていることができず、とにかく何か行動を起こしたくなるものです。そんな時「私はこうして……」的なマニュアルに賭《か》けてみたくなるのも当然でしょう。

それがツボにはまれば、思い通りの結果を手に入れることができるかもしれません。

でもツボをはずすと大変なことになってしまいます。何もしなかったより、もっとひどい状態になることも多々あります。

「彼と付き合ってもう一年。最近忙しいというばかりで、休みの日にもなかなか会えません。本当に私のことが好きなのか、気持ちもイマイチはっきりしないのです。もしかしたら仕事というのは口実で、他に女が……なんて、だんだんそんな不安がたまっていって、ある晩、もう真夜中の二時過ぎでしたが、彼のアパートにまで押し掛けて行ったんです。ドアを開けた彼は、すごくびっくりしていたけれど、泣いている私を見ると『寂しい思いをさせてごめん』と抱き締めてくれました。非常識だとわかっていても、時には、思い切った行動も必要なんだなと思いました」

と、まあ、こんなことを言った女性がいたとしましょう。彼女はそれで成功したのだから、オメデトウと言えるでしょう。

しかし、です。どのケースもこれでうまくいくとは限りません。

「冗談じゃないよ。こっちは疲れて寝てたんだ。それを真夜中の二時に叩《たた》き起こすなんて、どうかしてる。会えないのは仕方ないだろう。本当に仕事が忙しいんだから。他に女ができたと疑うのは、結局、俺を信用してないってことじゃないか。彼女とはそれがきっかけで別れました」

と、いう可能性もあるわけです。

早い話、恋にこうした方がいい、という決定的な方法は何もないのです。恋のマニュアルに何が書いてあろうとも、効果をもたらす時はもたらすし、ダメな時はダメなのです。効果と同じだけのリスクが、いつも背中合わせにあるのです。

「彼に女の影が見えたけど、見て見ぬフリを通したら、やっぱり君がいちばんだと戻って来てくれました。彼を信じていてよかった」

「彼に女の影が見えたけど、見て見ぬフリをしていたら、相手の女にとられてしまいました。こんなことなら、もっと早くに手を打てばよかった」

こんなもんです。

要するに、今、自分がどうすることが最善なのか、それを読める冷静さを持ち合わせることがいちばん大切だと言えるでしょう。

もし、私がひとつだけ言えるとしたら、あなたが今から何か行動を起こそうと考えた時、結果に絶対に自信があることだけをすべきだ、ということでしょうか。

真夜中の二時に訪ねても彼は必ずいい顔をしてくれる、その確信がある時だけにしましょう。その自信がない時は、これで彼とのことは終わりになってもいい、ぐらいの覚悟が必要です。

つまり、この恋を壊したくないという気持ちがあるうちは、イチかバチかはやめた方がいい。そういう時は、たいてい悪い結果に転ぶものです。

恋って、本当はすごく知的な行為だと思いませんか。盲目的にまっしぐら、という時期を越えたその後は特に。

自分が今どんな態度をとるべきか。どんな言葉を口にするべきか。この恋は本当に守るべきか。それとも捨ててしまうべきか。

結局、そのことを自分の気持ち以外の何ものにも左右されずに、じっくり見極めることが何よりも大切なことなのです。

さて、話は少し変わりますが、恋のマニュアルには〝男の意見〟というものもいろいろ書かれています。

書き手として女性に向けての本を書いている場合もあるし、女性誌に一般の男性が登場してあれこれ話している時もあります。マニュアルだけでなく、いろんな飲み会や集まりでも、男の気持ちというものを聞くチャンスがあると思います。

男の意見というのは、これでなかなか興味があります。

特に恋愛に関しては「いったい男って何を考えているの」という不安を女性たちはいつも胸に抱えているので、そういった意見を彼の代わりのように聞いてしまいます。

するとそこには、確かに女にはわからない男の心理があったりして「なるほどなぁ、男ってそんなことを考えてるのね」なんて、感心したり納得したり。

それはとても参考になるのだけれど、時には私、いい加減なこと言うな！　と腹が立ってしまうこともあります。

だって嘘《うそ》なんだもの。

いいえ、嘘ではないのかもしれません。ひとつの気持ちとして、正直に言っているだけなのでしょう。

「僕はね、クールで、神秘的で、仕事もできて、女同士では浮いてるんだけど、そんなのへとも思わず、ひとりでカッコよく生きてる女が好きだな」

でも、そういう男に限って、可愛《かわい》くて人懐《ひとなつ》っこくて、あなたがいないとひとりで電車に乗るのも怖いの、なんて女を恋人にしてたりするんです。

「意見を持っていて、自立していて、自分の人生というものをきちんと考えている女がいい」

この男は家に帰って誰もいないのはイヤだからと、妻に仕事を辞めさせ専業主婦にした奴《やつ》です。

「ガーターベルトに黒の下着、これを見たらもうビンビン」

恋人がそういう格好をしたら、商売女みたいなことするな、と怒るに決まってる。

そして最後に、こういうのは特にまともに聞かないことです。

「もっと女性はセックスに対してラフな気持ちでいてもいいんじゃないかな。こだわり過ぎなんだよ。セックスって本来、自分の欲望に忠実になって、気楽に楽しむものだと僕は思うよ」

それを彼は果たして自分の恋人にも言えるのでしょうか。自分の恋人が他の男とそうやって欲望のまま気楽にやっちゃってもいいと、本当にそう思ってるのでしょうか。

美容院でまさにそんな男を象徴する面白い話を聞きました。

「うちの男性スタッフね、お客さんにはものすごくショートヘアを勧めるの。今いちばんのスタイルだとか言って、遠慮なく切っちゃうの。でも、自分の恋人はたいていストレートのロング。時々、仕事が終わった後に練習台として彼女が来るんだけど、毛先をちょこちょこって揃《そろ》えてそれでおしまい。そんなもんよ」

男にとって、恋を語ることと、実際の恋人とはまったく別の次元に存在しているのです。

だから、男の意見を鵜呑《うの》みになんかしないことです。そんなことをしていたら、本命からは見離され、どうでもいい男には都合のいい女になってしまうだけです。

恋というのは恋の数だけ状況というものがあります。問題も答えも、同じように恋の数だけ存在します。

他人の恋は決して自分の恋の参考にはなってくれません。

もし、参考になるものがあるとしたら、それは今までして来た自分の恋だけだということを覚えておいた方がいいと思います。

今の生活、そんなに不満ですか

「ねえ、ちょっと聞いてくれる？」

「もちろん、いいわよ」

「私ね、最近、不安で眠れなくなる時があるの」

「どうして？」

「これから先も、ずーっとこんな人生が続いてゆくのかなぁって思うと憂鬱《ゆううつ》で」

「こんな人生ってどんな？」

「毎日、通勤ラッシュにもまれながら会社に行って、やりがいのない仕事を繰り返して、恋人もなく、刺激的なこともなく、鏡の中の私はどんどん年をとっちゃう一方で、ひとりで寂しく生きていって、最終的に孤独な老後を送るっていう。何かもう、お先真っ暗という感じ」

「ずいぶん悲観的じゃない、いったい何があったの」

「三十歳まで、もう少しだもの」

「最近は、三十歳に早くなりたい女性っていうのも結構いるじゃない」

「それは仕事もプライベートも充実してる人だけが言えるセリフよ」

「なるほど。あなたはその両方とも充実してないってわけね」

「もう最悪よ」

「趣味とかないの？」

「習いごとはいろいろしたけど、どれも長続きしないの」

「どうして」

「結局、好きじゃないのよね。とりあえずって感じで始めたものばかりだから、三ヵ月もすると飽きちゃう」

「じゃあ仕事にもう少し力を入れてみるとか」

「所詮《しょせん》、ＯＬよ。頑張ったって、お給料は変わらないし、出世するわけでもないし」

「それだけが目的ではないと思うけど、仕事、そんなにつまんない？」

「つまんないってわけじゃないけど、生きがいにはならないわ」

「転職なんか、考える？」

「それはもう、しょっちゅうよ。求人広告とか、資格のチラシとかには条件反射で目が行っちゃう」

「見るだけ？」

「今のところはね」

「どうして。思い切って、やりがいのある仕事っていうの、本気で探してみたら」

「考えないわけでもないけど」

「けど？」

「もしかしたら、結婚するかもしれないじゃない。そうしたら、転職したって無駄になってしまうでしょう。だから、やりがいはないけど、このまま勤めて、結婚して、いずれ子供ができたら退職するの」

「なるほど。つまり、あなたは結婚を基準にすべてを考えてるってことね」

「別にそういうわけじゃ……」

「ホントに？」

「ううん、そうよ、そうなの。私、あなたの言う通り、結婚を基準にしてるの。結婚のことがいちばんで、仕事なんか二の次なの。それっていけない？」

「やだ、ムキにならないでよ。別に責めてるわけじゃないわ。女性にとって結婚は人生の大事だもの。当然だと思う」

「最近、聞くでしょう、結婚して家庭や夫にしばられたくないから結婚しないって断言してる女性の話。でも私、信じられない。よくそんなにきっぱりしていられるなって。それって、よっぽどやりがいのある仕事を持っているんだろうな。シングルでも恋人が後をたたずにできるんだろうな。ひとりで一生暮らす自信があるんだろうな。でなきゃ、そんなこと言えるはずないもの。私なんか、とてもできない。好きになったら結婚したいし、好きな人の世話をしたいって思う。そういうの変？　時代遅れ？」

「別にそんなこと思わない。やっぱりあなたみたいな女性も結構いると思うわ」

「そうよね。でなきゃ、あんなに女性誌が恋愛や結婚の特集しないわよね」

「いい人見つかるといいのにね」

「ほんと。でも、いないの。二年前に恋人と別れて以来、まったくなし。この二年間、セックスはもちろんキスも、デートだってしたことないんだから」

「じゃあ、お見合いするとか」

「した」

「あら」

「十回はした」

「で？」

「いい人なんかいるわけない。失望と絶望の繰り返し。時々、お見合いですごく素敵な相手を見つけた人っているじゃない。奇跡だわ、そんなの」

「まあ、私もしたことあるから、わからないでもないけど」

「でしょう。結婚はしたいけど、好きになれない男とはイヤなの」

「当然よ。やっぱり結婚は好きな男とでなきゃね」

「でも、そんな男が現われないのよ」

「うーん」

「ねえ、どうすればいい？　何だか年とともにどんどん周りから男の影が消えて行っちゃうの。知り合うチャンスもないし、声もかからないし。私、何か悪いことでもしたのかな。神様の怒りをかうようなこと。だからいい男とめぐり会わせてくれないのかな」

「暗くならないでよ」

「なりたくもなるわよ。結婚相手はいないし、仕事にはやりがいが持てないし、その上、これといった特技も趣味もない。もう情けないのと、みじめなのと、自己嫌悪《けんお》で、本当に死にたくなってしまう」

「困ったね」

「こんなんじゃなかった。こんな人生送るつもり全然なかった。何でこんなことになっちゃったんだろ。わかんない、どうしてなの。私、どうすればよかったの？」

「泣かないで」

「うん、ごめん。最近、ちょっと情緒不安定なのよ」

「ねえ、あなた、健康よね」

「えっ、ええ、まあ健康よ。今年は風邪を一回ひいただけ」

「ちゃんとお給料も貰《もら》ってるわよね。年に二回のボーナスだって」

「まあね」

「今の世の中、就職できなくて困ってる人いっぱいいるわよ。今年の入社試験、あなたの会社にも、すごい数の応募者がいたんじゃないのかな」

「大変なことはわかってるけど」

「最近はあんまり会えなくなったかもしれないけど、心を開いて話すことのできる友達だっているでしょう。家族の仲もいいし。さしあたっての問題を抱えてるわけじゃない。ねえ、それを考えてもやっぱり不満？」

「贅沢《ぜいたく》だって言うの？　かもしれない。でも不満よ、不満に決まってるじゃない。そりゃあ世の中には大変な人はいっぱいいる。でも、そんなところに目を向ける余裕なんて今の私にはない。今の毎日しか見えないの。こんな宙ぶらりんの状態、満足できるはずがないじゃない」

「もしかして、その不満な状態は、結婚がすべてクリアしてくれると思ってない？」

「ないとは言えないわ。そりゃあ冷静に考えたら、そんなことはないんだろうってわかるわ。結婚したら結婚したで、いろいろ大変なこともあるんだろうって。でも、それ以外に見つからないの。だって結婚すれば、やりがいのない仕事も辞められるし、退屈な週末からも逃れられるし、何より、もう結婚のことをぐちゃぐちゃ考えなくていいんだから」

「でもオールマイティではないわ。だから、あんなに多くの人が離婚するんでしょう」

「でも、今の私には、自分の人生を変えるのは結婚しかないのよ。それがいちばん手っ取り早くて確実なの。変えたいの、とにかく、今の生活を」

「あなたは不満ばかり言うけど、でもいいところもあるじゃない」

「いいところって、何よ」

「だから健康でしょ」

「なんだ、そんなこと」

「そういう言い方するけどね、これはとても大切なことよ」

「うん、まあ、そりゃそうだけど」

「友達だっている、家族だっている、ちゃんと生活できるお金がある。年だって、まだ三十歳じゃない。平均寿命の半分も生きていないわ」

「おばあさんとして生きる時間と、今とはまた別よ。もう、若くはないのは確かよ」

「あなたはすぐそうやって、自分のことを年だって思うようだけど、そういうの、まだ見えもしない場所に先走りして、悪いことばかり想像して、自分を追い詰めてるだけって気がするわ」

「でも……」

「悪くないって。あなたの毎日、決して悪くない。見てて、私はそう感じる」

「そうかな」

「絶対にそうよ。もう一度、よく考えてみてよ。こんなに穏やかで平和な毎日が送れることに、きっと感謝したくなると思う」

「そんな謙虚な気持ちになれるかな」

「なれる」

「うん」

「なれるから、絶対に」

照れてはいけない、恥ずかしがるのはいいけど

S江が、女と男のどっちに好かれるタイプの人間かと考えた場合、断言できます。女です。

つまり、それはモテる女からはほど遠いところにいるということです。

そうなっている原因はたくさんあると思いますが、その中で「もしかしたらこれかも」と思われるものがあります。

S江は照れ屋です。

照れ屋というのは、基本的に悪いことではないはずです。照れない奴《やつ》より可愛《かわい》げがある。

だから、私もずっと思っていました。これはたぶんS江の長所なのだろうって。

でも結局のところ、照れ屋というものをすごく誤解していたのです。

S江は男の前で女っぽく振る舞うことに、すごく照れます。だからつい、おちゃらけてしまうわけです。

だからコンパなどでもいつも仕切り役に徹しています。本当は「私、あんまりお酒は飲めなくて」と言いたいところなんだけど「ほらほら、そこちゃんと飲んでる？」とやってしまう。「やだぁ」の代わりに、「おまえなぁ」なんてガラの悪い言葉も口にしてしまったりするわけです。

だからほんとは恋に発展させたいのに、男から「女を感じさせない気の合う奴」てな具合で、友達感覚を持たれてしまうわけです。

そんなS江に、周りの女性たちはこう言ってました。

「でも、私はあなたが好きよ。同性に好かれるのが本物って言うじゃない。いつかきっとあなたにぴったりの人が現われるわ」

それを信じて、真の自分を理解してくれる人を夢見ていたS江でした。

さて、知り合いの中に、S江とどこか似たタイプの女性がいました。共通するのは、男の前に出るとうまく自分を出せなくなる、ということです。

なのに、彼女はモテます。S江とは全然違います。

それがなぜなのか。最初は全然わかりませんでした。

そして、ある日、気がついたのです。

彼女は照れ屋ではなく、恥ずかしがり屋なのだということに。

この差は大きい。似ているようで全然違います。対極にあると言ってもいいくらいです。

そして結論を先に言ってしまうと、なるなら照れ屋ではなく、絶対に恥ずかしがり屋です。

照れ屋の人間は、誉《ほ》められることがすごく苦手です。誉められ慣れてないってこともありますが、もし男性から不意に「今夜の君は綺麗《きれい》だね」なんて言われたら、それだけで照れて照れてどうしようもなくなります。そして、こういうことを言ってしまうのです。

「えーっ、酔ってて目がおかしくなっちゃったんじゃないの。そんなこと言っても、この飲み代、奢《おご》らないからね」

さもなくば、ガハハと笑って、

「化粧、化粧。最近のファンデーションはシミもソバカスもうまく隠してくれるのよ」

と、こうなるわけです。

もちろん、内心は嬉《うれ》しいんです。でも照れているので、お笑いに持ってゆくしか方法が見つかりません。それも、突っ込みの方に回りたくなるのが照れ屋の特徴。相手がシラッとした顔をしているのにかかわらず、ひとりでオチを決めてしまうわけです。

その点、恥ずかしがり屋は違います。

「今夜の君は綺麗だね」

「え……」

ぽっと頬を赤らめ、うつむいてしまうのです。後はただ黙っている。

違うでしょう、まったく違う。天と地です。

恥ずかしがり屋はそこはかとなく色っぽさにつながります。けれど照れ屋は単にガサツな女になるだけです。

こういうこともあります。

たとえば、ある男性が自分に好意を持っていると感じたとしましょう。でも、こちらとしてはその気がない。なるべく気がつかないフリをします。そこまでは照れ屋も恥ずかしがり屋も同じような行動をとります。でも、相手が告白というやつをしそうになると違ってきます。

「あの、ちょっと話があるんだけど」

と、相手に言われた時、照れ屋はどうするか。

言わせてはいけない、と考えるのです。彼の気持ちには応《こた》えられない。だから「好きだ」なんてセリフを彼が口にする前に、何とか話をはぐらかしてしまおうとするわけです。つまらないことをベラベラ喋《しゃべ》ったり、わざと乱暴な口をきいて「私はこんなにガサツな女なのよ、よした方がいいって」というようなことを強調したり。

なぜ、そんなことをしてしまうのか。

それが相手に対する思いやりのように感じられるからです。断るのが決まっているとしたら、最後まで相手に言わすのは残酷だと思ってしまうのです。

でも、それは違います。違うということに、やっと気づくようになりました。

相手がきちんと思いを告げようとしているのなら、たとえ断るにしても、こちらもきちんと受け取らなくてはなりません。

相手に言わせないようにするというのは、最後まで話を聞かないということです。それはとても失礼なことです。

同じことを自分がされたらよくわかります。好きな人に決心して思いを告げようとしているのに、相手は聞いてくれない。おちゃらけたり、話をはぐらかしたりする。思わず「黙ってちゃんと聞けよ！」と怒鳴ってしまいたくなります。

ダメならダメでもいいんです。思いを告げるということに、ひとつの目的達成があるのだから。

そういうことをしてしまうのは、単に照れ屋だからというだけではないようです。好きだと言われることの負担を背負いたくないという、気の小ささのあらわれでもあるのでしょう。

そんな態度は相手を傷つけるばかりでなく、下手をしたら憎まれてしまうかもしれません。「こっちが真剣なのに、あいつは向き合おうともしなかった」というふうに。そういう展開だけにはなりたくありません。

これが恥ずかしがり屋の場合は、聞くだけ聞いて、しばらく無言を続け、最後に「ごめんなさい」と言うでしょう。それで、相手はすべてを察するわけです。

照れ屋というのは、悪いことじゃないと思います。でも、美徳ではない。そこを誤解しないように。

私は照れ屋だから、なんてことを自分自身への言い訳にしないこと。どうせなるなら、絶対に恥ずかしがり屋です。

不倫の恋はスペシャルである

恋というのは日常の中のスペシャルです。スペシャルだからこそ盛り上がる。もし、いつも手の届くところにあって、生活そのものに組み込まれてしまったら、それはごくありふれたものになり、ドキドキとか切なさもなくなってしまうでしょう。

大恋愛の末、結婚したカップル。

世の中の誰よりもいい恋をしていると本人たちも自負していたし、周りもそう思っていたけれど、何年かたって会ってみると、お見合い結婚も成り行き結婚も結局はみんな一緒なんだなあ、というふうに見えること、ありませんか。

それが悪いってわけじゃないんです。たぶん恋愛の〝恋〟の部分が薄くなっただけのこと。

その分、〝愛〟が濃くなったということもあります。家族愛とか夫婦愛とかいう形に変わったということでしょう。

けれど、人はやはり恋の部分を求めたくなる生きものです。

もう一度、いいえ二度も三度もスペシャルを味わいたくなってしまうのです。

結婚してからのスペシャルな恋、それを人は不倫と呼びます。

不倫はスペシャルであるための要素を全部含んでいます。

会いたくても会えない。人に知られてはいけない。結婚できない、などなど。

最初から割り切ってつき合ったとしてもかなり盛り上がるはずですが、ましてやそれが真摯《しんし》な恋だとしたら、これはもう人生を賭《か》けたドラマとなるでしょう。

ただ、私はとっても身勝手なので、結婚している女性がシングル男と不倫しているのは「いいぞ、やっちゃえ」という気持ちになるのですが、シングル女性が妻子持ちと不倫しているのは、何だか納得できない気分になります。

その思いが真剣であればあるほど、本当にそれでいいの、満足してるの、と問いただしたくなるのです。

けれども今は、不倫に関しては何を書いてもどこかで聞いたことがある、というような状態です。もう特別なことでも何でもないのかもしれません。

「だって、好きになってしまったんだからしょうがないじゃない」

と言われたら、それ以上は何も言えません。

当人には、当人の論理があるわけで、他人が立ち入ることではないですしね。

特に年齢的にも大人と呼べる年齢に達した女性は、それなりに自分で考え、決断したことなのでしょうから。

だから口を出すのはやめようと思っているのですが、時折、幸福と不幸の狭間《はざま》にある苦しい胸のうちを訴える女性と出会うと、やっぱり言いたくなってしまうのです。

本当にそれでいいの？

その男はあなたを本当に愛してくれているの？

不倫の恋に陥ってる時、誰もが「その辺りに転がってる不倫と一緒にしないで」と思っているでしょう。

でも実は、自分たちが思っているその辺りに転がっている不倫だって、これでみんな結構真剣に恋をしているのです。

つまり、ふたりにとっては特別でも、世の中ではありふれたものに見られてもしょうがないということです。

いいえ、そう思われてもいいんです。要は、ふたりの気持ちが、不倫に限らず、何においても大切なことなのだから。

不倫がこうまで一般化してしまうと、今さら「そんなのやめるべき」なんて言っても、誰も聞いてくれないだろうし、実際、私もやめるべきだなんて思っていません。

不倫の恋も恋です。恋する気持ちに誰もとやかく言えません。

ただ。

ただ、気持ちの上では独身の男を好きになるのと何ら変わりはないのですが、頭のどこかに、納得できないものがいつか生まれるようになるのです。

不倫の恋ゆえ、納得できない何か。

私はそれはやはり、対等ではない、ということではないかと思います。

だって、何だかんだと言ったって、男の帰る場所は家庭です。彼は彼女の家にいつでも連絡をとることができますが、彼女は彼に連絡を取る時、色々と考えなくてはなりません。今はメールとか携帯とか、いろんな手段がありますが、何をどう使おうと、それはバレてはいけないという彼の方の都合です。

彼はたぶん、あなたにこう言っているでしょう。

「妻とはうまくいっていない。自分が安らげるのは君といる時だけだ」

それは、あなたをホロリとさせます。私だってそう言われたら、

「この人を守ってあげよう、この人をこれ以上苦しめないでおこう」

と、思ってしまうに違いない。

けれど、それは男の逃げのセリフのひとつです。

たとえば、ある男が仕事でうまくいっていないとしましょう。契約は破棄され、上司とはソリが合わず、部下たちからは突き上げられる、そんな時どうするか。帰りに飲み屋に寄って飲んだくれて愚痴をこぼします。辞めたいって弱音も吐くでしょう。でも、それで仕事を辞める男はめったにいません。

それなりの就職試験を勝ち抜いて入社した会社です。長く勤めていれば愛着もあります。仕事なんて、どこに行ってもいいところも悪いところもあることはもうわかっている。今さら一からやり直すのも少々つらい。お給料も下がるかもしれない。だったらここで我慢して……そんな結論に達するのがほとんど。

これを不倫と置き換えてみたらどうでしょう。あてはまることがたくさんありませんか。つまり、男にとって会社のうっぷんを晴らすのが飲み屋なら、家庭のうっぷんを晴らすのが不倫と言えないでもないような気がするのです。

ここまで言ってしまうと、身も蓋《ふた》もない状況になってしまうので、現在不倫中の方からは、ブーイングされるでしょうね。

でも、それは覚悟の上で言ってしまいましょう。

そうなんです。そうやって、ほとんどの男が愚痴をもらしながらも会社を辞めないのと同じように、不倫も「君だけだ」と言いながら離婚をしようとはしないのです。

もちろん、そういう男ばかりではないでしょう。きっぱりと会社を辞めて、新しい仕事を始める男がいるように、妻と離婚してあなたと結婚する男もいます。実際、私の周りにもそういうカップルがいないでもありません。

だから、つい自分も期待を抱いてしまう。その期待にすがって、冷静な目を閉じようとしてしまう。

ここに大きな落し穴があるのです。

思ったことがありました。

「いっそのこと、妻と離婚して不倫相手と再婚してはいけないなんていう法律があればいいのに。そうしたら、最初から諦《あきら》めて、恋だけで我慢しようって覚悟ができるのに。なまじっか、不倫から結婚するような人がいるから期待してしまうの。つらいのは、結婚できないことじゃない。彼が奥さんと離婚さえすれば二人は結婚できるのに、彼がそれをしないのを、自分が心の中で納得してないってこと」

彼と結婚できなくてもいい。結婚だけがすべてではないと思っている。そんな女性もいます。

でも、それはお互いに対等な立場にあってこそ説得力があるものだと思うのです。一方が結婚していて、それでいてそんな理屈を口にしても、それは最初からわかっていたことだけれど、何かが違うような気になって来るのです。

もちろん、男の方にも言い分があるでしょう。

結婚している自分の方がつらい。

負い目というものがある。

彼女に新しい恋人ができたらどうしよう。

結婚したいという男が現われても反対する権利は自分にはない。

別れの鍵《かぎ》を握っているのはすべて彼女だ。

そんなことを聞くと、それなりにホロッとしてしまいます。でも、それはやっぱり男の身勝手です。

もし、男が「子供が大きくなるまで待ってくれ」と言ったとしましょう。

それまで何年かかるのでしょう。五年かもしれない。十年かもしれない。その年月、今の気持ちを持ち続けられる自信が男には本当にあるのでしょうか。

今の奥さんとも、それなりの恋愛で結ばれたはずです。その時は、きっと幸福な家庭を作ろうと、親や友人の前で誓ったはずです。けれど、年月と共にそれは壊れてしまった。男は約束を守れなかったという前歴があるのです。

忘れてはいけません。

たとえば男が「五年待ってくれ。そうしたら結婚しよう」と言った言葉には続きがあるということ。

「五年待ってくれ、そうしたら結婚しようと、今は、思っている」

今、思っていることを、五年後も思っているって保障はどこにもないのです。五年後に「あの時はそう思ったんだ」と言われても、取り返しはつかないのです。

不倫について、とやかく言わないと言いながら、いっぱい言ってる私ですが、ただひとつ、これだけは、と思うこと。

引きずられる恋にはしないことです。

あくまで、自分が選んだ恋であることです。

もし男が「五年」という約束を守らず、家庭に帰ってしまった時、

「あなたが五年と言ったから待ったのよ。私の五年を返してよ」

と、言ってしまいそうなら、今のうちにこの恋は捨ててしまった方がいいでしょう。

「私が選んで五年待ったの。これは私の意志なの」

と、思える自信があるなら、五年でも十年でも待って構わないと思います。

選ばれる恋ではなく、選ぶ恋。

不倫は、それができる女性のためのスペシャルなのです。

自分のことが好きになれないあなたへ

自分を好きになろう、ということがよく言われます。

それは本当だけれども、自分をすべて肯定する、ということとは少し違っているような気がします。

悪いところは悪い。

好きになれないところは、やっぱり好きになれない。

そういうところが確かにあります。

でも、自分で嫌いだと思っているところは本当は大したことではないのかもしれません。嫌いだと意識している分、それなりに気を遣うようになるでしょうから。

たとえば、自分に嫉妬《しっと》深いところがあったとしましょう。友人がとても素敵な人と結婚することになったとか、仕事で成功を収めたとか、そんな時「おめでとう」と口では言いながら、内心ではなかなか素直に喜べない。そして、そんな自分に対してすごく情けない気分になる。どうして人の幸福を心から祝ってあげられないのだろうって。私はなんて了見の狭い人間なんだろうって。

それ、よくわかります。そういう時って本当に自己嫌悪《けんお》にまみれて「私って最低」と落ち込んでしまう。

でも、嫉妬というのは確かに誉《ほ》められることではないけれど、だからと言って、自分を責めてばかりいては、気持ちが萎縮《いしゅく》してゆくだけです。

嫉妬してもいいじゃない、と、自分を解放してあげる。

許してあげる。

自分を批判すると同じだけ、誉めてあげる。

自分に甘いって言われてしまいそうだけれど、飴《あめ》とムチ、は他人に対してだけではなく、自分にもうまく使える方法でしょう。

多かれ少なかれ、人は誰でも同じようなことを思っているものです。たぶん、あなたの周りにいる多くの女性たちも同じです。

そして、やはり心から言ってない自分に対して嫌悪を感じている。

そんなふうに考えると、それで自己嫌悪に陥る必要なんてないのではないかと思います。

ただ、いつまでもそこに留まる自分でいては少しも変わりません。大切なのは、嫉妬を感じた後、そういう自分を何とかしたいという心の葛藤《かっとう》でしょう。

やだやだこんな私。もっとまっすぐな心を持ちたい。素直になりたい。大らかに受け止められる懐《ふところ》の深い人間になりたい。

そう思っただけで、それはものすごい変化です。もちろん、一度や二度思っただけでは、なかなか思う通りの自分にはなれないけれど。

でも、なれないということはさほど重要なことではないように思えます。要は、なりたいと望む気持ち。それさえあれば、嫉妬するという性質そのものも、嫌いになるほどの欠点ではないという気がします。

正しい自分だけを好きになるというのは、ある意味で傲慢《ごうまん》な考え方だと思います。自分の中には確かに醜い部分もある。それもひっくるめて自分なのです。嫌いな自分は、いらない自分ではないのだから。どれもこれもが自分なのだから。

もし私が、私が嫌っている部分を切り捨てて、好きな私だけが残ったとしても、果たしてそれは私らしい私なのでしょうか。

不肖の子供だからこそ可愛《かわい》い、なんて言います。もしかしたら自分自身にも、それがあてはまるのかもしれません。

とは言っても、好きになれない自分はたくさんいて、やっぱりうんざりしてしまいます。

気が短い、人前でついいい顔をする、口下手、何事にも自信が持てない、優柔不断、などという性格的なものから、身体的なことまで含めたらなおさらのこと。

実はこの性格的なものと身体的なもの、ふたつは相反するような気がしますが、私は根本的には一緒ではないかと思ってます。

それは、自分が欠点だと思えば欠点だし、魅力だと思えば魅力になるというところです。

たとえば、目が一重で嫌いだと思っている人がいます。

でも、人によっては、

「あら、私は切れ長のアジアっぽい目だと思ってるわ。だからそれを生かしたお化粧をしているの」

と言う女性もいます。そんな時、きっとハッとさせられてしまうはず。

そういった考え方は性格にも当てはまります。

たとえば気が短いという性格も、すぐカッとなる人、という欠点になるか、きっぷがいい人、と魅力になるか、その違いはとても大きなものです。

その違いは何から来るのか。

私は、自分をどう演出できるか、ということだと思うのです。

一重の目を、たとえばアイラインを目尻《めじり》からすっと上向きに描いて切れ長の魅力的な目にする、というのと同じように、気の短さも自分なりに工夫してきっぷがいいというふうに変えてしまうのです。

友達と待ち合わせて、相手が遅刻して来たとします。気の短いあなたはイライラします。やっと友達が現われました。カッとした時、いつも顔つきがムスッとしてしまうあなた。

「遅いじゃない」

と、不機嫌な表情で言ってしまう。ごめん、と言った友達とは、その後も何となく気まずい雰囲気が続いたりします。そんな表情を出してしまうから人には気が短い人と思われてしまう。だったら、思い切ってニッと笑って、こんな言い方をしてしまう。

「もう、遅いぞ!」

すると友達も、ごめんね、と肩をすくめる。それだけで、印象は全然違うものになるでしょう。

そういうことが自分を演出するということなのです。

周りで素敵に生きている女性を色々と見ます。そんな人になりたいと思うのだけど、あまりに素敵過ぎて、とても自分には無理と、自信喪失してしまう。でも、そんな人たちも完璧《かんぺき》ではないのです。必ず欠点はあるのです。

ただ、彼女たちは、その欠点をうまく魅力にすり替える、つまり自分を演出する能力にたけているのです。

自分を演出するっていうと、どこかあざとい手段のように思われるかもしれませんが、女はどこかで女優の部分を持っていなければなりません。ドラマなら、演出家がついてちゃんと指導してくれますが、普通に生きてる女性は、ひとりで演出と主演をかねなければならないのです。

だって私の人生は私が主役。

どうせなら最高のドラマに仕上げたいから。

さて、ついでなので、これも言わせてください。

先に、自分で嫌いだと思っている自分は、さほど問題ではない、と書きました。

そうです、問題なのは自分で気がつかないところなのです。何の気なしに言ってしまったこと、とってしまった行動が、誰かをひどく傷つけるということがあります。そして、傷つけたということさえ気づかずにいる、ということも。

デリカシーがない。

言葉にすると軽い感じがするかもしれませんが、これはとても恥ずかしいことだと思います。デリカシーとは思いやり。相手を慮《おもんぱか》る気持ち、これさえあれば、いろいろと欠点はあったとしても、大したことではないのです。

私にもまだまだデリカシーのない部分があります。気がつかないまま、きっと誰かを傷つけている。それを考え始めると、またまた自己嫌悪に陥ってしまいます。

デリカシーのある人間になりたい。

それが私の、今後の課題となるでしょう。

女と男のわからないこと

これで結構長く生きて来たと思うのだけど、わからないことはいっぱいあります。わからないことは多岐に亘《わた》ってあるのだけれど、特に女と男のことについては、本当にわかりません。

今まで恋に関する小説やエッセイを書いて来て、人の心には裏側だけでなく、その裏側、またまたその裏側があって、とても私程度の洞察力では察することなどできないなあと痛感しています。

それに男の事情や女の言い分は、いつも本当のことを隠すためのカモフラージュみたいな場合が多いのです。たくさん質問すると、たくさん答えが返って来るのだけれど、肝心なことは何も語ってくれません。もしかしたら、当の本人も、よくわかってないのかもしれません。

そんな私のわからないことのいくつかを、聞いてくれますか？

知り合いの女性は、夫の女性関係が原因で家を飛び出し、二年間の別居の末、ついに離婚を決意しました。

子供がふたりいて、働くアテもありませんでしたが、夫がとても資産家なので慰謝料と養育費をたっぷり取ろうと思ったようです。

まずは調停です。けれど決着がつきません。非は彼の方にあるわけで、離婚条件はかなり彼女の方に有利。だからこそ何だかんだといいちゃもんをつけて、夫は応じてくれないのです。

そういったやりとりは、かなり辛辣《しんらつ》なものになったようです。お互いに愛情はもうなく、自分の利益のことばかり考えるので、言いたい放題。相手を思いやるなんて配慮はまったくありません。

そんなこんなで調停が長びいているうちに、夫の女が愛想を尽かしてしまい、別れてゆきました。

そして、何と、それがきっかけとなり、彼女と彼はヨリを戻し、結婚生活を続けることになったのです。

信じられない！

確かに、おめでたいことなのかもしれません。こういうのを丸く納まったというのかもしれません。でも、離婚調停の間、彼女は彼のことをあれほどボロクソに言っていたのに。

「あの男は人間として最低よ。どうして結婚前に本性が見抜けなかったのかしら。女好きで、お金に汚くて、困ったことが起こると逃げてばっかり。ええ、憎んでるわ。一生、許さない。あんな男、あの女にくれてやるわよ。貰《もら》うものさえ、貰ったら」

あのセリフは何だったのだろう。散々、彼の悪口を聞かされて、

「それはひどい、あんまりだわ。こうなったら裁判にでも持ち込んで、徹底的に戦いなさいよ」

なんて、言っていた私は何だったのだろう。真夜中に、何度、彼女の愚痴を聞いてあげたか。泣いている彼女を慰め、時には一緒になって、泣いたり怒ったりしてた私なのに。

「実はね、戻ることになって」

彼女はさすがにきまり悪そうに、私に言いました。まさかそれに反対することもできず「まあ、よかったんじゃないの」と言ったものの、当然、シラけた気分になっていました。

それでも私はまだ心配でした。一時、あんなに憎み合ったふたりが、果たして元に戻れるのだろうか。やっぱりダメになってしまうんじゃないか。

でも、その後、ふたりはうまくいってます。だって、次の子供ができたくらいなんだから。

あんなに憎み合い、お互いに徹底的に傷つけ合い、ののしりあっても、元のサヤに納まるんだ。

つまり、やっぱり彼女は夫を愛してたってこと？　そして夫も？

うーん、わからない、私にはわかりません。

それが夫婦というものなのでしょうか。

さて、ある女性の恋人はヒモです。普通、ヒモは優しくしてくれるものですが、その男は全然違います。働かない、賭事《かけごと》が好き、借金がある、浮気をする、その上、暴力をふるうのです。彼女はいつも、身体《からだ》のどこかにアザを作っているような状態でした。

どう見ても、男はまともではありません。彼女を金ヅルにしか考えてないのは、誰が見ても一目瞭然《いちもくりょうぜん》です。当然、周りからは別れるように勧められます。

それで彼女の方も逃げだし、姿を隠したりするのですが、男が必死に探したり、しばらくすると女の方から何となく連絡を入れてしまったりして、結局は元に戻ってしまうのです。そういうことをもう何度も繰り返しているのです。

それは「情」ってものの仕業でしょうか。聞いたことがあります、「愛はなくても、情は残る」というセリフ。これが悪縁？　腐れ縁？

女と男のいきさつは、他人には計り知れないもの。本人がいいなら、それでいいのだろうけど。

でも、私にはわからない。やっぱりわからない。

それが女と男というものなのでしょうか。

次はこれ。会社にとことん性格の悪い上司がいました。その上不潔でいつも肩にフケをため、近づくと変な匂《にお》いがします。女性社員がその人の茶わんを洗う時は、ゴム手袋をしていました。

人の善《よ》し悪《あ》しを安易に判断してはいけないだろうけど、誰が見たってイヤな奴《やつ》というのはいるでしょう。まさに、そんな男でした。

でも、その上司にも家庭があります。奥さんがいて子供がいます。毎日一緒に生活しているってことだけでも驚きなのに、つまり、奥さんはその人とやっちゃったってことでしょう。

こう言っては何ですが、絶対に、誰が見たってイヤだと思うタイプなのです。無人島にふたりで残されても、その人とだけはやりたくない。でも奥さんは、あの爪《つめ》の先が黒い手で触られたんだ……。

ああ、わからない、私にはわからない。

人の好みはさまざまだってことなのでしょうか。

ついでなので、これも。こんなこと言ったら、殴られてしまうかもしれませんが、この際言ってしまいましょう。

スーパーなどで、買物をしている家族連れ。この人とこの人がやった結果がこの子供。そんな証明をしながら歩いているのは恥ずかしくないのでしょうか。美形な家族ならいざしらず、そうでない時は……。

ましてや、大声で口ゲンカをしていたり、子供を叱《しか》りつけていたり、逆に、走り回っている子供に知らん顔していたり、夫婦として親として、考え込むことはないのでしょうか。

わからない、私にはわからない。

恥ずかしさって、人によって違うってことなのでしょうか。

いつも恋をすると、相手に振り回されてばかりの私。

それは完全にこちらの方が惚《ほ》れてしまうから。

会いたいのに会えない。優しくして欲しいのにしてくれない。

だから毎日、まるで散歩に連れていってもらえるのを待ち望んでる犬のように、その時までじっと我慢です。

好きだから、文句は言わずにおこうと努力します。でもやがて不満はだんだん募り、結局、わーっと言ってしまいます。

「私はいったいあなたの何なの！」

そして、終わってしまうのです。

そんな恋はもうたくさん。何度痛い目にあったことか。

うんざりです。ごめんです。

これからは私がイニシアティブをとれる恋をしたい。つまり、私に惚《ほ》れてる男と付き合い、私が会いたい時に会い、どうでもいい時は放ったらかしにしておく。それでもちゃんと待っていてくれる男。つまり、私が今までやって来たのと同じことをしてくれる男。

でも、そんな男が実際現われた時、私は痛感します。

やっぱり駄目だ。

同時に、恋というものを少しも学習できずにいる自分に対して、つくづく思ってしまうのです。

わからない、私ってほんと、わからない。

私って、本当はどんな女なのだろう。

男について、少しだけわかったこと

女と男のわからないことは前に書きましたが、本当はあの中では納まり切らないくらいまだまだたくさんあります。

でも、男についてわかったことも少しあります。ほんの少しだけれど。

もしかしたらそれは、単なる私の勘違いかもしれません。錯覚かもしれません。それに当然のことながら、すべての女と男にあてはまるものでもありません。なので、あまり信用できるとは言えないのだけれど、当たっているところもあるのではないかと思います。それは読んでくださる方の判断に任せるとしましょう。

というわけで、とりあえず。

その1　男はなめてかかれ

いきなり、言ってしまいました。誤解のないように先に言い訳しておきます。これは決して、男なんてチョロイもの、なんて言っているわけではありません。そんなことを思っていたら、痛い目にあってしまいます。これは要するに、ひとつの方法です。

女性は相手のことを意識すると、ついおどおどしたり、やけに愛想よく振る舞ったり、必要以上の気遣いを見せてしまったりするじゃないですか。そうすることは、その女性の性格の良さでもあるわけですが、男というのは（特にモテる男の場合）そんなものは飽きるほどたくさんの女性から受けているのです。同じことをやっても、またか、ということでその他大勢のひとりとしか見てもらえません。

人間って不思議なもので、相手があまりしたてに出て来ると、何となく対等な気持ちで見られなくなってしまうところがあると思うんです。したてっていうのは、卑屈っていうのと、とても似てるんですね。

知り合いのある有名イラストレーターの女性が、ちょっと気になってた男性からこんなことを言われたそうです。

「すごいなぁ、忙しいんでしょう。僕なんかとても描けません。いやぁ、お知り合いになれて光栄です」

そういう時の居心地の悪さ、わかる？ と彼女は言いました。

「早いとこ、この場を切り上げたいと思ってしまって、結局それで終わり。でも、私が何をやってるかわかっても少しも動じない、どころかそんなことを忘れたようにざっくばらんに接して来る人にはどことなく親しみを感じ、友達になれそう、という気になるの」

もし、あなたに狙《ねら》った男がいるとしたら、ましてやその男がモテるとしたら、妙に気を遣い過ぎないことです。

時には、辛辣《しんらつ》な言葉も投げつけるぐらいの女であるべきです。もちろんそれはシラッとするものではなく、笑いを誘えるものであることが前提ですけど。

やはり賢さは必要です。

まずは対等に接する。人気タレントとファンの関係にならない。一目置かせる。この女はちょっと違うぞって思わせる。

そうしてから、徐々に本当の姿を見せればいいのです。たとえば、結構口が悪そうに見えて、実は謙虚で恥ずかしがり屋だってことなんかを。そうすれば効果も倍増ってものでしょう。一度、試してみてください。

その2　第一印象を良くし過ぎるな

その1と少し似てるところがあるかもしれません。だから追加みたいなもんです。人は誰でも、第一印象でその人のことを決めてしまいがちです。だから、第一印象はとても大切なポイントになります。

もし、相手と会うのが一回と決まっていて、それで決定づけられるのだとしたら、これはもうとことん良くしましょう。コンパとかお見合いとかでは、一回目が駄目なら二回目はないわけですから。何が何でも、その一回で彼のハートをつかまなければ。

でも、もしその彼と今後長い付き合いになりそうだなという時、たとえばこれから仕事を一緒にしてゆくとか、仲間として交流を持つようになるとか、そういう時は一回目に頑張り過ぎないことです。

最初の時に100を見せてしまうと、その後ささいなことでも、相手は「あれ？」と思います。その「あれ？」はたいていマイナス要因です。

もしあなたが「いい子だなぁ」って印象を彼に与えたとします。でも長く接してゆけば、時にはいい子ではないあなたも見せることになります。たとえば、つい口を滑らせて誰かの悪口を言ってしまうとか。すると彼はちょっと失望し、あなたの100点から10点引きます。

逆に「やな女」と思われていたら、それはほとんど0点からの出発だから、「まあ、あの子なら当然だな」と思われて、それ以上のマイナスにはならなかったりするわけです。

じゃあプラスのことをしたらどうなるか。たとえばあなたが彼のために遅くまで残業を付き合ったとしましょう。彼は「彼女なら当然」と思って別にプラスにはならない。でも、やな女と思っていた女性がそれをしたら「えっ、あの子もいいところあるんだ」と、急に点数がアップしてしまう。

もちろんこれは本気で「やな女」だったら、どうしようもないことですけど。

会社勤めをしていた頃、こういうケースを時々見ました。最初に人気のあった女性がいつの間にか評判が悪くなっていて、不評だった女性が見直されてゆくっていうのを。

私も短絡的で、かつ気が小さい性質なので、初対面の相手に「いい人」に映りたいと頑張ってしまうところがあります。後になって「失望されてるな」と感じて、失敗したことを知ります。

この方法は少し勇気がいるけれど、ある程度頭の中に入れておくと、ちょっとしたコツになってくれるかもしれません。

その3　男は想像以上に口がうまい

この口がうまいというのは、お世辞を言って口説く、というより、男は自分を正当化するのがうまいということです。

彼とケンカして、どう考えても彼の方が悪いのに、うまく言いくるめられてしまった、なんてことはありませんか。あるでしょう。そういうことです。

口数で言ったら、やっぱり女性が勝るでしょう。女性は口と心がつながっています。だからつい感情的になる。

でも男は口と頭がつながっています。だから論理的に攻めて来る。

感情対論理の戦い。激戦のように見えて、実は勝敗は決まっているのです。もともと感情というものには起伏があり、トーンダウンした時、自分自身の中にもすっと論理が入り込んで来るでしょう。その時、論理対論理になる。最初から論理で攻めていた彼は、すでに一歩も二歩も先に行き、有利な状態になっているのです。

特に、別れの時なんかこのケースに陥ることが多いようです。

こういう経験はどうでしょう。自分は別れるつもりがないのに、彼と話しているうちに、結局、自分から別れを切りだしてしまっていた。

その時は気がつかなかったかもしれませんが、それは完全に男の口のうまさに乗せられてしまったのです。

男は自分から別れを切りだして、彼女に責められたくないという気持ちがあります。彼女から切りだしてくれればこんなラッキーはない。だから、そう仕向けるように、論理的に話を進めるのです。

もちろん男の全部が全部そうだなんて思ってませんが、男は口下手、と決めてかかっていると、ちょっと痛い目にあってしまうかもしれません。

その4　女が白黒つけたいと意気込む時、結果はほとんど黒になる

彼との曖昧《あいまい》な関係に耐えられなくなる時、ありませんか。

別れたいの？　別れたくないの？

どうしてもそれを口にしたくなる。そういう時、ほぼ答えは黒です。そして気がつくのです。こんな結果を望んでいたわけじゃなかったのにって。

何もしなくても、黒になる可能性も大いにありますが、少しでも白でありたいと望む気持ちがあるなら、短気を起こしてやみくもに白黒の決着をつけないことも大切です。

正直言って、私の失敗のパターンはほぼコレです。

その5　男にお金を使わせる

好きな人にはあまり負担をかけたくないと思うもの。それが愛情のひとつというもの。私も長くそう思っていました。

けれどある日、ハタと目が覚めたのです。それはある男性の言葉でした。

「俺の彼女、あれ買ってくれ、ここに連れてってくれって、金がかかってしょうがないよ」

と、愚痴るので、思わず、

「そんな女、別れちゃいなさいよ」

と、言うと、

「おいおい、それだけ金をかけたんだぜ、今さら別れるなんてもったいなくてできないよ」

という答えが返って来ました。こういうこともあるのです。

払った分だけ執着する、価値が上がる。まあ、そのことわからないでもありません。高いお金を出して買った服は、もう絶対に着ないとわかっていても、捨てられないということ、私もありますから。

もちろん「これだけお金をつかったんだから、別れても文句は言わせない」という場合もあるので、注意は必要ですけど。

その6　男は女好きの恋愛嫌い、女は恋愛好きの男嫌い

男は生態的にも「いっぱい自分の種をまきたい」というのがあると聞きます。だから、いっぱい女がいて欲しい。

でも、女は心を満たしたい、との思いが先に立ちます。だから、ひとりの男をとことん好きでいる間は、他の男はどうでもいいのです。

その仕組みは昔も今も、そして多分これからもそんなに変化はないのでしょう。

その7　藁《わら》をもつかむ思いでつかんだものは、絶対に藁だ

苦しみにもがく時、人は必死に何かにすがろうとするものです。恋に傷ついている時、誰かにすがりつきたくなる気持ち、わからないではありません。

けれど、そういう時につかむ男はたいていスカです。

いっそのこと溺《おぼ》れてしまいましょう。溺れて、自分の力ではい上がる。両目をぱっちりと開いて。本物を見つけるのはそれからです。

その8　女は恋を実にしようとする。男は恋を花で終わらせようとする

ひとつのちゃんとした形にならなければ、女はつい無駄なことをしたと考えがちです。でも、男にとってはそれが重荷に感じられる時があります。

男にとって、恋は、感傷に近いもの。女にとっての感情とはやはり違う種類のものなのです。

以上、思いつくままあげてみました。ただ、くれぐれもこれを全面的になんか信用しないで下さい。女も男も、本当にさまざまな人がいます。

世の中には「愛」だけでは説明のつかないこと、納得できないこと、乗り越えられないことがたくさんあります。

愛に頼り過ぎると、いつか愛を憎んでしまうかもしれない。

そんなことになる前に、ほんの少し、ひねくれた自分と、しょうがない男たちのことを、笑って認めるというのはどうでしょう。

お金という便利でやっかいなもの

お金の話をするというのは、これでなかなか難しいものがあります。

とても大切で、毎日の生活から切っても切り離せないものだとわかっているのに、一歩間違えば品がなくなってしまいます。

時に「お金に細かい人」とか「ケチ」「貧乏性」、時には「守銭奴」みたいな印象を持たれてしまうこともあります。

だからと言って、避けて通ることはできません。だって私たちは生活のすべてをお金で賄《まかな》っているのです。お金なんか、と言ってしまうのは簡単だけど、そうすると後でもっと面倒なことになってしまうような気がします。

お金は貸借の関係を持っているもの。つまり、常に出す方と受け取る方のふたつが存在しています。そして困ったことに、そのふたつの思惑は、なかなか一致しません。

会社に勤めていた頃、お金について深く考えたことはほとんどありませんでした。あるとしたら「今月は洋服を買い過ぎて、お小遣いが足りなくなってしまった。どうしよう」ということぐらい。

お給料は決まっているし、そのことに不満はあっても、みんなと同じなんだからと納得していました。保険のことや税金のことも会社に任せ切りで、私はただ給与明細の手取り欄を見るだけ、自分がいったいいくら払っているかもわかっていませんでした。ましてや実家に住んでいたので、食費とか光熱費、家賃のことなども月に三万ほど入れていれば、それで賄えるんだと思ってました。

でも自営業となって一人暮らしをしている今、お金の管理はみんな自分でしなければなりません。特に保険や税金に関しては、いろいろと知識も必要です。面倒だなぁ、と思いながら、やっぱり自分のことですから、やるしかありません。

今、親と一緒に住んでる人は、たぶん以前の私と同じような状態でいると思います。でも、いつかは独立する時が来ます。両親はいつまでもそばにいてくれません。縁起の悪い話ですが、ほぼ間違いなく、先にいなくなってしまうのです。

頼り切っていると、ひとりになった時、管理の仕方がまるっきりわからなくなってしまいます。見えていなかった出費というのは、思いがけずたくさんあるものです。

結婚だって独立です。なおさら管理能力というものが必要とされるでしょう。

別にそれほど難しく考えることはないけれど、「お金のこと？　わかんない。私、無《む》頓着《とんちゃく》だから」なんてことを言うのは、大人の女性としてみっともない。世間知らずというレベルではなく、幼稚なんだと感じてしまいます。

重すぎず軽すぎず、知識をスマートに身につけていて、お金の話題が出た時もさらりと言葉にできる、そんな態度でいることがお洒落《しゃれ》だなぁって気がします。

さて、お金の貸し借りをしたばかりに、友情をなくしてしまったという話はよく聞きます。

私は大金の貸し借りはしたことはないのですが、たとえば小銭がなかったということで「ごめん、ちょっと五百円貸して」ぐらいはあります。

そんな時、気をつけようと思うのは、やはりすぐに返すということでしょうか。意外と忘れたりするものなんです。これが一万円だったら覚えているのだけど、小銭ゆえに。けれど貸した方は忘れていません。これが、ほんとに。

と言うのも、以前、こんなことがあったからです。

友人何人かと食事に行って支払いとなりました。ワリカンにすると確か三千円ぐらいだったと思います。一万円札ばかりが重なって、おつりが出なくなってしまいました。

友人A子も一万円札しかないと言います。それで私は彼女に「いいわ、ここは私が立て替えておくから」と言って払ったのでした。

「ごめんね。すぐに返すから」

「いいのよ、いつだって」

それからしばらくA子と会う機会はなく、お金はそのままになっていました。

次に会った時、三千円のことをA子はすっかり忘れているようでした。私はどうしよう、と思いました。自分からそのことを口にするのは何となくイヤでした。「それくらいのことで」と、まるでケツの穴の小さい奴《やつ》みたいに思われるのがイヤだったからです。それに私自身、こんな小さなことにこだわる自分に対して、いくらかの自己嫌悪《けんお》を感じていました。だから奢《おご》ってあげたと思えばいいんだ、と考えるようにしました。

でも、やっぱり気持ちがしっくりしないのです。A子とは友達だし、奢ることはイヤじゃないんです。でも、うまく言えないけど、モヤモヤするんです。

その時の私は、三千円くらいいいじゃない、と思う気持ちと、問題は金額じゃない、という思いが複雑に交錯していました。

A子と会って、別れ際《ぎわ》、レジで支払いをしました。その時、A子はやっと思い出したようでした。

「あ、私、三千円借りてたのよね。ごめんごめん、すっかり忘れてた」

と言って、返してくれました。私はホッとしていました。三千円が返って来たからではなく、これでこの三千円のことをこだわらずに済む、と思ったからです。たかが三千円。でもそれは金額以上に、私にストレスを与えていました。

その時から、どんなに小さな金額でも、お金の貸し借りはきっちりしようと思うようになりました。

特に、自分が借りた時。基本的には借りないこと。これが大切です。でも借りることもあります。それを忘れるなんてとんでもない。私が忘れている間、相手もきっと、あの三千円の時の私と同じような気持ちになっているでしょう。それは借りた金額の何倍もの大きさで、相手を不快にしていたということです。

友情を大切にしたいなら、お金のことはきっちりしておきましょう。だって、お金なんかで、気まずくなるのは悔しいじゃないですか。

さて、恋愛においても、お金が絡《から》んだ時、ふっと相手の本性が見えてしまう時があります。

彼女にタカる男、というのは当然イヤです。イヤだけど、もし男にお金がないことがわかっているなら、女の方だって出してあげることにそんなに抵抗はないはずです。その代わり、彼にお金が入った時、ご馳走《ちそう》してもらう。そうやってバランスをとってゆけばいいのでしょう。

相談された時は、ふたりでひとつの財布を持つことを私は勧めます。たとえば五千円ずつお互いに出して、デートの費用はそこから使ってゆく。足りなくなったらまた同じだけ入れる、というふうに。基本はやっぱりワリカンでしょうか。

実は私、ある男の実態を知って、とことんイヤになったことがあります。

彼は彼女にはすごく気前がいいんです。だからたぶん、彼女は彼に対してお金についてこれっぽっちも悪い印象は持ってないでしょう。でも、そいつは友達にタカるのです。自分の友達です。私、恋人にタカるよりその方が生理的に許せません。

男同士というのは、払いに関してどこか大雑把なところがあると思うんです。何人かいると「ここは俺。次は頼むよ」という具合に。その何人かの中で、彼だけはいつもうまく逃げるのです。支払いの段になると、妙に黙って知らん顔するとか、その少し前にトイレに行ったりしていなくなるとか。それは一種の裏切り行為だと言っていいんじゃないでしょうか。私、こんな男だけは彼にしたくありません。

かといって、そういう時にすぐ「俺が払う」とカッコつけて、財布をカラにしてしまう男もいます。知らん顔する男よりかはいいけれど、そういう男を「男気がある」なんて誤解して結婚すると、突然取り立て屋がやって来て、「払うもんは払ってもらおうか」とスゴまれ、何事かとダンナに詰め寄ると、「すまん、実は保証人のハンコを押した」なんてことにならないとも限りません。

お金は、あるなしでその人を決められるものではないということはわかっているけれど、その使い方、接し方で、思わぬ姿が露見することがあります。そこのところはじっくりと、慎重に相手を見極めた方がいいようです。

お金は人が便利に生活できるように作られた道具です。その道具に、生活や人間関係が牛耳られてしまうようなことになっては本末転倒というものです。

お金をナメちゃいけない。ナメられてはいけない。

快適な付き合い方というものを、しっかりと身につけておくよう心がけることが大切なんですね。

欲しいものは
何だろう

かつて、答えの出ない恋は、
「終わらせる」という方法しか知りませんでした。
この人と結婚できない、だったら別れるしかない、というように。
そんな私も、違う選択もあるのだ、
ということを知ったような気がします。
会えなくてもいい、言葉を交わせなくてもいい、
その人がちゃんと幸福でいてさえくれたら。

私が決める、さよなら

頭の中で想像する私の別れは、とてもカッコイイものです。

最近、電話もないデートの誘いもない。もしかしたら避けられているのかも、と感じる彼。もう終わりかもしれない、とも思うけど、まだハッキリとは言われてない。

それに私の方はまだ彼が好き。未練もある。何とか修復できる方法はないか、と考えるのだけど、本当はわかっている、もうダメだってことは。

このままだったら、自然消滅に持ち込まれるかもしれない。

でも、それだけはイヤ。

そんな時、どうするか。

決まってます。こちらの方から三行半《みくだりはん》を叩《たた》きつけてやるのです。

叩きつけると言っても、決してヒステリックにならずに。あくまでにこやかに。

とにかく一度、彼と会う段取りをつけます。その日は彼が不機嫌な顔をしていても、明るく振る舞います。

とびきりのお洒落《しゃれ》をして、お化粧も服もばっちり。

食事して、少し飲んで、そして、まるで明日のお天気の話でもするようなラフな感じで、こういうのです。

「別れましょうか」

えっ、と彼は思うはず。たとえ、心の中ですでにそう思っていたとしても、先に口火を切られたことで、いくらか動揺します。

とにかく、こういう時は長引かせてはいけません。言葉も少なく、パッと切り上げる。

ここがコツです。

すぐに席を立ち、最後に彼に最高の笑顔を向けましょう。

「さよなら。今までいろいろありがとう」

そして後はもう、背筋を伸ばし、ドアに向かって歩いてゆく。もちろん、決して振り向かずに。

かっこいい！

これぞ、女の中の女。

こういう想像は、本当に私を嬉《うれ》しくさせてくれます。

けれど、現実にはなかなかそうはいきません。今までの自分の別れを考えてみても、カッコ悪いのばかり。

だってまだ好きなんだもの、一パーセントでも望みがある限り、何とか修復はできないものかと考えてしまうのは、仕方のないことでしょう。

でもそれは、やっぱり一パーセントの可能性でしかないわけで、結局はダメになってしまうんですけどね。

友人の中に、私の理想とする別れをした女性がいます。早い話、彼が他の女に心変わりしたのですが、男の方は、自分に非があることがわかっているだけに、はっきりとは言い出せないのです。

彼女はやりました。まだ好きな気持ちは十分に残っているのに、あっさりと自分から別れを切りだしたのです。それはもう、見事なくらい潔《いさぎよ》く。

聞いた時、拍手を送りたい気分でした。

でも、意地悪な私は、一呼吸置いてから、彼女にこんな質問をしてしまいました。

「まさに、引き際《ぎわ》のカッコよさは最高だと思うけど、そういうの、本当は彼にとって都合がいいだけなんて考えたりはしなかった？」

大らかな彼女は怒らず答えてくれました。

「正直言って思ったわよ。彼の方も、私が別れましょうって言った時、驚いた顔はしたけど、どこかでホッとしてるのがわかったもの」

「でしょう。あなたから別れを切りだしたんだから、これで彼が責められることはないわけだし、新しい彼女とも大っぴらに付き合えるわけだものね」

「確かに、そのこと考えると、はらわたが煮えくり返るくらい頭に来るわ。もっととことん食い下がって、彼女も巻き込んで、ドロ沼状態にしてやればよかった、なんて考えないこともなかった」

「でも、やらなかった」

「まあね。だって、たとえそうやっても彼が戻って来ないことはわかってたから。もし、よ。もし万が一戻って来たとしても、元のままってわけにはいかないわ。私はもう彼を信じられないし、何だか無理言って付き合ってもらってるって卑屈な気持ちになると思うの。彼の方も、おまえのせいで彼女と引き離されたって思うに違いないわ。だから私、勝負を長いスタンスで考えることにしたのよ」

「どういう意味？」

「彼は今はホッとしてると思う。うまくやったって。で、彼女といちゃいちゃするのよね。でも、しばらくたてば飽きるわ。今はどんなに好きでも、必ず他の女に目が行くようになるの。そんなもんよ、男って。その時たぶん、考えるわ、私のこと。よく言うじゃない、男の方が後を引くって」

「なるほど」

「きっとこう思うの、あれでよかったのかなぁって。今考えてみれば、結構いい女だったよなぁって」

「ヨリが戻ること期待してるの？」

「まさか、そこまでバカじゃないわよ。ただ、そう思わせたいの。彼の耳にどこからか、私が前より綺麗《きれい》になったとかいう情報が入ったりしたら完璧《かんぺき》ね。惜しかったたって後悔するはずよ。結局、そういうふうに思わせることがいちばんの復讐《ふくしゅう》になるのよ」

「でも、それって三ヵ月や半年じゃ効かないかもよ」

「もちろんよ。だから言ったでしょう、長いスタンスで考えてるって」

「ねえ、もし彼から連絡が来たら？」

「そうねえ」

「会おうか、なんて言って来たらどうする？」

「決まってるじゃない、きっぱり断るわよ。たとえその時に恋人がいなくても、幸せな恋愛をしてるってふうに装《よそお》って。それこそ、はっきりした復讐になるじゃない。想像しただけで、ああ、気持ちいい」

「なるほどね」

こんなにもきりりとした態度で彼と別れた彼女はすごいと思います。だって本当に彼のことが好きだったんですから。

でも、ひとつだけ、彼女の言葉には嘘《うそ》があります。いえ、嘘じゃないのかもしれない。彼女自身が、わかってないんじゃないかなって思うことです。

もし、また彼から連絡があった時……本当に、断れるのかなって。

もしかしたら「会うぐらいいいかな」と思い、会ったら「食事ぐらい」「お酒ぐらい」そして「ベッドぐらい」なんてことになって、また彼にはまってしまうんじゃないかなって。

正直言って、私には自信がありません。きっとノコノコ出掛けて行ってしまいそうな気がします。そしてあの時、せっかくカッコよく別れた自分なのに、それを台無しにしてしまうような。

愛の反対は憎しみではありません。無関心です。

復讐したい、なんて考えている間は、結局、彼への気持ちがまだ完全には終わっていない証拠です。

いつか、彼女が彼を話題にしなくなり、復讐なんてことさえ忘れた時、私はそれが本当の復讐になるんだって気がします。

さて、彼女とは対照的な方法を取った友人もひとりいたので、紹介しておきましょう。

彼女はとことんやりました。

別れを持ち出された時、泣くわ喚《わめ》くわ、あげくに死んでやるとまで言い出し、最悪の修羅場になりました。

「何もそこまでやらなくてもよかったんじゃないの。後で、自分がみじめにならなかった？」

すると彼女は、涼しい顔でこう言いました。

「そうよ、ものすごくなったわよ。でも、いいの。そうなることが目的なんだもの」

「どういう意味？」

「なまじっか、いいカッコしようとするから、後が苦しいの。別れた後に、すごく落ち込んだり、彼への気持ちを断つことができないのよ。私はそういうのイヤなの。思ってること、みんなぶつけて、もうどんなことがあっても元にはもどらないんだって自分に納得させてこそ、本当に別れられるんだと思う。そこまでやったら、もう思い残すことないでしょう」

「なるほどね」

「行き着くところまで行くのよ。どんなにみっともなくてもね。それが恋ってものじゃない？」

それも一理あると思いました。実際、彼女自身、あれだけの修羅場を演じておきながら、別れた後は意外とすっきりしていたのが印象的です。

確かに、相手に言いたいことを言わずに別れると「ああ言えばよかった」という思いが残ります。そして、その後悔は「もし、ああ言っていたら、元に戻ったかもしれなかったのに」なんてことに繋《つな》がらないとも言えません。

実際、私ももう何年も前のことなのに「ああ言えばよかった」と思っていることがまだ胸の中にあり、時々、ふっと悔しいような苦しいような気持ちになることがあります。

どういう別れがいちばんいいのか。

かっこよければ、それだけ後で苦しい思いをしそうだし、スッキリするからと言っても、あまりに修羅場を演じてしまうのは見苦しくてイヤ。

いいえ、どちらでもいいのでしょう。

問題は、その後のこと。

彼と別れた後、自分がどんな女性になるか、どんないい生き方をしているか、結局、そこにすべてが集約されるのです。

幸福になること。今、幸福に生きていること。

その時、彼との別れがカッコよかっただろうが修羅場だっただろうが、未練があろうが次の恋が見つからないだろうが、笑って「そんな時もあったわね」と言えるんだと思います。

ベッドの中で考えること

セックスは恋愛の中で、結婚の中で、男の中で、女の中で、どんな位置をしめているのでしょう。

このての話は、雑誌や情報ではほとんどモザイクなしの状態で溢《あふ》れているというのに、面と向かってはあまり口にしないのではないかと思います。

やっぱり照れてしまいますから。特に親しい友達とは。時に冗談ぽく話すことはあっても「私はああしてるけど、あなたはどうしてる？」なんて、詳しいことまではとても聞けません。

セックスという言葉を口にするのは、正直言って恥ずかしい。この年になっても。いえ、この年になったからこそ。秘め事とかこっそり、というのが似合っていて、つい声が小さくなってしまいます。

もしかしたら中学生の時、どうしたら子供ができるかということを初めて知って、あまりのショックに両親の顔を見るのもイヤだった、というのをどこかでまだ引きずっているのかもしれません。

世の中のほとんどの男と女の間で繰り広げられていること。当然のごとくそれは存在しているのに、大人になると、まるでそんなことなど知らないような顔をして、話題に登場させない。それがセックス。

けれど、ここではお互いに顔を見合わせているわけではないので、照れるのはやめにしましょう。こういう話題は、するとなれば、照れた方がイヤラシク感じられたりするものでしょうから。

さて、突然ですが、あなたはセックスが好きですか。

と、いきなり大胆に聞いてしまいましたが、どうでしょう。もしかしたら、

「実はそんなことおくびにも出さないけれど、自分はかなり好きみたいな気がする。もしかしたら他の誰よりも」

ってことはありませんか。そして、そのことに、いくらかの羞恥《しゅうち》と罪悪感を持っていたりしませんか。

かつて一度だけ、面と向かって、

「私ね、セックスがすごく好きなの」

と言った女性がいました。ごく普通の女性です。普通っていうのは曖昧《あいまい》過ぎるかもしれませんが、そうとしか言えません。ごく普通の女性です。そのセリフが似合うような奔放さも感じられなかったし、すごいお嬢様ふうでそのギャップに驚くということもありませんでした。

そんな彼女にストレートに言われて、どんな顔をすればいいのか困ってしまいました。それで終わればよかったのだけど、彼女は私に向かって、こう言いました。

「あなたはどう？」

ええっ！　と、混乱しながらも、私は短い時間でめまぐるしく考え、こう答えました。

「みんな、そうなんじゃないの？」

けれど、その答えに彼女は満足しなかったらしく、続けてこう言いました。

「みんなじゃなくて、あなたのことを聞いてるの」

悩んだ挙げ句の答えはこうです。

「嫌いな方ではないと思う」

その時彼女は、くふっ、と笑いました。何だか少し馬鹿《ばか》にしたみたいに。私のことを「本当は好きなくせに、そんな持って回った答えでお茶を濁して」と思ったのがミエミエでした。

こんなことでムキになるのも子供じみてると思いながら、私はいささかムッとしてしまいました。勝手に決めつけないでよ、あなたと一緒にしないでよ、という気持ちがあったのです。

だから、こう言い返しました。

「セックスが好きなんじゃなくて、好きな人とするセックスが好きなの」

どうだ、これで一本！　と自分では思ったのですが、彼女は平然としていました。

「あらそう。私はね、セックスが好きなの」

それ以上、何も言えませんでした。

呆《あき》れてしまったから？　いいえ、何だか彼女に圧倒されていたのです。

よくそんなにはっきりと言えるなあってことがまずありました。そして、彼女の肉体は彼女以外の誰にも支配されないんだ、ということを考えたからです。

私は支配されています。好きな彼に。好きな彼にこうされている、ということに。

彼女にとって、恋とセックスは別のものです。もちろん一緒になる時もあるでしょうが、セックスによって心が動いたりすることはありません。

いつか、私はどこかで彼女を羨《うらや》ましく思っている自分に気がつきました。もし私もそうなれたら、ややっこしいことは何も考えず（たとえば、彼は本気なのかしら、なんてこと）サウナに行って汗をたっぷり流したり、エステティックに行って全身くまなくマッサージしてもらうような、すごくわかりやすい快楽だけを味わえばいいのですから。

でも、私にはたぶんできないでしょう。それは一種、感覚の回線の違いではないかと思うのです。

快感というものが、肉体につながっているのが彼女。そして私は、たぶんハートにつながっているのです。

それはどちらがいいとかいうものではありません。体質のようなもの。しょうがないことです。たとえ彼女の真似《まね》をしても、私は心地よいセックスを得られるとは思えません。

人には向き不向きがあるのです。自分には似合わないことをしても、結果は失望につながるだけです。

もし誰かに彼女と同じような質問をされた時、今も、私はやっぱりこう答えます。

「私はね、好きな彼とのセックスが好き」

さて、同じような話に「彼とは身体《からだ》だけ」というのがあります。

セックスには相性というものがあるらしく、ぴったりの人とめぐり会うと、今までやってたことは何だったのだろうと思えるほどいいものだそうです。

ふーん。

それで、そういう相手がいるという女性にちょっと聞いてみました。

「会ったら話もせずにセックスするの？」

「そんなことないわ、もちろん話したりもするわよ」

「セックス以外ではどう？」

「まあ、一緒にいると結構楽しいかな」

「でも、恋人じゃないのよね」

「ええ、違うわ、身体だけ」

ここでハタと考えてしまいました。会ってて心地よくて、会話も楽しくて、セックスもすごくいいのに、どうしてそれが恋にならないのでしょう。

わからないけど、どこかでわかるような気もします。

つまり、恋にはそれだけでは足りない何か特殊なエキスのようなものが必要なのだということなのでしょう。

その特殊なエキスは、つまりセックスではないということです。セックスがなくても人は恋をします。死ぬほど好きになることもあります。つまりセックスのあるなし、よしあしなんて、恋とはまったく別のものなのです。

でも恋人や夫婦になると、やっぱり別のものとは言えません。「性格の不一致」が実は「性の不一致」であることは多々ある、ということはずっと前から言われています。

つまり、セックスは恋にとっては大したものではないけれど、生活にとっては重要なもの、ということになるわけです。

三つの人間の本能、「食欲」「睡眠欲」「性欲」は生活とは切っても切り離せません。それがなければ生きてゆけないというのがありますが、こと、恋に関しては本能からは離れたところにあるようです。

だって恋をすると、食欲がなくなり、眠れなくなったりもするでしょう。だとしたら、性欲というものがなくなったとしても不自然ではありません。

つまり恋は生活ではないのです。

そう思うと、先の彼女たちは、恋ではなく、生活を満足させたいと思っているのです。

つまり、恋においてのセックスと、生活においてのセックスなのだから、それを話しても、お互い、根本的に違う場所にいるので、かみ合うはずがありません。

そんなふうに考えると、彼女たちのことも少しは理解できるような気がするのですが、みなさんはどうでしょう。

こうしてセックスについて話すことに決めた時、迷ったことがありました。セックスの情報は溢れんばかりなのに、実は、どんどん遠ざかっている人たちも数多くいるということです。

かたや、合法ドラッグ（非合法もあるでしょうが）、あらゆる状況、モノなどを求めてまで、とことん快楽を追求してゆく人がいれば、恋人や伴侶《はんりょ》がいるのに、そして彼を愛しているのに、もう何年もセックスはしていないという人もいるのです。

その差はいったい何なのでしょう。

もしかしたら、快楽追求、というのと、セックスレスというのは、根底で繋《つな》がっているのではないでしょうか。拒食症と過食症が表裏一体であるように。

精神のバランスが崩れた時、きっと人はさまざまな症状をあらわすものなのでしょう。

いつもニュートラルな気持ちでいたい。

食べたいと思うこと、眠りたいと思うこと、セックスしたいと思うこと。それらをゆったりとした気持ちで欲することができる、そんな毎日を送りたい。

そんな身体と心を持っていたいです。

結婚というひとつの選択

さすがに最近は言われなくなりましたが、ずっと長い間、私はこの質問をされ続けて来ました。

「どうして結婚しないの？」

それに対しては、

「いい人とめぐり会えなくて」とも「タイミングが合わなかったの」とも「ひとり暮らしに慣れちゃって」とも「自由でいたいから」とも「私を引き受けてくれる男がいなかった」とも「早い話、モテなかったのよ」とも、答えています。

全部が全部、本当ではないし、かといって嘘《うそ》でもありません。今、改めて考えてみると、いちばんぴったり来るのはこれかなって気がします。

「そんなの、わからない」

そうなんです。別にこれといった主義を通して来たわけではなく、一緒になりたいと思った相手もいます。けれども結局、シングルのままここまで来てしまった、ただそれだけのことなんです。

結婚願望はそれなりにあったし、実際、お見合いをしたこともあります。ひとりで生きてゆく自信はまるでなかったし、精神的にも経済的にも頼りたい、という気持ちもありました。

これを言うと笑われてしまうかもしれないけど、かつて友達からは「あなたはいい奥さんになる」なんて言われたこともあったのです。

そんな私がここまでシングルでいるなんて、周りの人はもちろん、私自身も驚きです。今はそれなりに快適に暮らしているので、願望というものはあまりないのですが、風邪をひいて寝込んだり、手をつないで歩いている老夫婦を見たりすると、ちょっと胸の中がちくちくします。

私、結婚を否定する気持ちはまったくないんです。

結婚という制度には確かにリスクもあり、そのことをとやかく言う人もいますが、自分にふさわしい相手を見つけたなら、結婚すればいいと思ってます。

仕事のこととか、家事分担とか、出産とか、女性にとっては確かにいろいろと大変です。でも、そこは自分の目を信じるというか、しっかり相手を教育するというか、まあ、自分が選んだ相手なのだからしょうがないですし、メリットとリスクはいつだって背中合わせにあるのだから。

とはいえ、世の中、シングルの女性も男性も増える一方です。

特に都会と呼ばれる地域では多い。

そのひとつの原因には、近所付き合いがなくて、お節介な（口うるさいと言ってもいい）おばさんという存在がなくなっているからだと言われています。

私はずっと地方に住んでいたので（それも親と一緒に）わかるのですが、「お宅の娘さん、まだ？」と言う近所のお節介なおばさんが必ずひとりやふたりいます。そういうおばさんは、私のいない間にこっそりと、エプロンの下に忍ばせてお見合い写真を母親の元に届けたりするわけです。それも、そこそこの条件の奴《やつ》を。容姿は抜かして。

それで親も改めて我が娘の置かれている状況というものを考え、その結果「どこどこのナニナニちゃんは、もう二人目の子供がいる」なんて言い出し「親はいつまでも元気じゃないのよ」とか「死ぬまでには孫を抱きたい」とか言い始めるのです。

娘の方とすると「私の人生なんだから放っておいて」なんて思いながらも、それらはかなりのプレッシャーになり「孤独な老後」なんて文字がチラチラ頭をかすめ、追い詰められて、時にはえーいとばかり決めてしまうってこともあります。

でも、東京は近所付き合いがほとんどないでしょう。ひとり暮らしが多くて親の目が届かないということもあって、そういったプレッシャーもなく、何となくここまでシングルで来てしまったという人が多いみたいです。

時には、親が自分の将来を不安に思って、娘を手放したがらなくなり「ずっとここにいればいいじゃない、財産はあげるから」なんて、逆のことを言い出す場合もあります。

まあ、そんなこんなで様々な状況というものがシングルたちの周りを渦巻き、それがまたシングルを増やす要因にもなっている、というわけです。

私がいちばん結婚願望が強かったのは、二十七歳前後の頃でした。

なぜそうなったか、よくわかっているつもりです。

まず一番目の理由として、周りの友人たちが続々と結婚したことがあります。

すでに二人目の子供を産んだ友人もいました。そんな彼女たちを見ていると、とり残されてしまったような気がして、意味のない（その時は意味があったように思えたのだけど）焦《あせ》りに包まれました。

このままじゃいけないって。

結婚という形こそが幸福の象徴に見えました。

それ以外に何かあるなんて考えは及びもつきませんでした。

でもこういった気持ちは、それから様々な夫婦の姿を見てゆくうちに変わってゆくことになりました。

結婚が幸福の象徴だなんて短絡的な考え方しかできなかった自分は、なんて幼稚だったんだろう、と。

結婚というのは、もちろん人が幸福になるために選ぶひとつの形態だけれども、必ずしもそうなるとは限りません。結婚したらそれなりにトラブルや悩みがあります。それも非常に現実的な。自分の責任や努力以外のところで。

それをまのあたりにするようになって「結婚すれば幸福になれる」と考えていた自分の甘さを痛感するようになったのです。

結婚したかった二番目の理由として、このままOLとして仕事を続けてゆくことにうんざりしていたことがあります。

とっとと辞めたい。寿《ことぶき》退社でOLの花道を飾りたい。

これははっきり言って逃げです。仕事が不満なら、新しいものを探せばよかったのです。転職するとか、資格を取るための勉強をするとか。

でも、私にはその勇気も意気込みもありませんでした。だから、いちばん安易な方法を選ぼうとしていたのです。

結婚すれば、すべての状況が変えられる、新しい人生が始まる、親にも友人にも仕事先の人たちにも納得してもらえる。

これ以上の解決策はないように思えたのです。

でもこれは、今の仕事をするようになって、きれいさっぱり消えてしまいました。結婚願望が消えたというのではなく、仕事の代わりにそれに逃げ込もうという考え方が消えたということです。

三番目に、経済的な依存心がありました。

結婚すれば一生食うに困らない。ダンナ様が働いて稼いで来てくれるのだから。時々、玉の輿《こし》にのった知り合いなどがいて、いい家、いい車、いい服、いい持ち物と、とにかくいい生活をしているのを見るにつけ「いいなぁ、働かなくてそれができるんだから」なんて思っていました。

根が短絡的で怠け者の私は、結婚はラクできるもの、と信じていたのです。だから結婚するなら、好きな上に絶対に経済力のある人、なんて「おまえ何様のつもりだ」と殴られてしまいそうなことを平気で考えていました。

でも、贅沢《ぜいたく》な暮らしをしている人なんて、ほんの少しです。一見贅沢に見えて、内情は火の車なんてこともあります。

結婚していちばん大変なのは、やはりその経済的なことだということもわかるようになりました。ローンが、教育費が、とボヤいている友人たちを見ると、やっぱり私は甘かったと痛感してしまいます。

それなりに仕事も続け、少しは経済的に余裕もできました。もちろんこんな仕事なので安定というものはないのですが、たとえどんな仕事であれ、今はもう働くことが当たり前なんだと思うようになりました。

自分の食い扶持《ぶち》は自分で稼ぐ、これが基本です。

もちろん専業主婦もひとつの仕事なわけで、ダンナ様の稼ぎにただ頼っているだけではない、ということもわかりましたしね。

私は続けられる限り、今の仕事をしてゆくつもりです。それを決めた時から、経済的に誰かに頼ろうという気持ちはなくなりました。と同時に、結婚を定期預金の代わりに考えていた自分もいなくなりました。

四番目に、孤独な老後を想像して、それが怖くて結婚したいと思った、ということがあります。

「老女孤独死、死後三ヵ月で発見」なんて新聞記事を見ると、自分の行く末のように感じられてしまうのです。親はいつか先に逝《い》ってしまいます。きょうだいたちはそれぞれに自分の家族がある。孤独が怖いなら、結婚しかないじゃないですか。

でも、それも違うということに気づくようになりました。

世の中に独居老人がどれほど多くいらっしゃるか。その全員がシングルの行く末ではありません。家族を持っている人の方が多いんです。自殺する老人は家族と同居している方が多いということも知りました。老人施設に入居されている方の多くも家族持ちです。

だいたい傍《はた》で見ると孤独に見えても、それは大きなお世話、失礼な判断というもので、自由に快適に暮らしている方もたくさんいらっしゃいます。勝手なイメージばかりを膨らませ、それが先行してしまっていたのです。

結婚して家族を作れば、将来ひとりではない、なんていうのは幻想です。どんなアクシデントが待っているかわかりません。あんなに仲がよかった夫婦があっさりと離婚してしまう場合もあります。突然ご主人がポックリ、という話もあるじゃないですか。子供もそうです。近所でも評判になるほど優秀な子供たちを持った家は、優秀であるがゆえに、海外に行ったり国内でも遠くに住むことになったりで、ほとんど帰って来ません。もちろん親が寂しいからって、子供を手元に置いておこうとするのは親の身勝手というものでしょう。自分のために、子供の将来を左右してはいけないはずです。

この間、テレビを観《み》ていたら、シングルを通した女性たち四人が、地続きにそれぞれ一戸建を持ち、行き来しあって暮らしているというのがありました。サロンを開いて、近所の人や外国からの留学生たちと交流の場を持っています。とても楽しんで暮らしていました。

そういったことを見たり聞いたりしているうちに、冷静に、そしてある意味で楽観的に感じられるようになり、結婚というものを、どこか保険の掛け金みたいに考えていた自分はいなくなったというわけです。

と、まあ、こうして書いてみると自分でも「なるほど」なんて、今さらながら改めて納得してしまいます。

愛するパートナーと心安らぐ家族。

もちろん、それらを望む気持ちはあります。見てて、いいなぁってこともよく思います。

けれど……。

そう、けれど、私は不安でもあるのです。ええ、不安なんです。それをどう説明すればいいでしょう。青臭いとも、考えすぎとも、笑われてしまいそうな気がして、ちょっと言葉にするのは難しいのですが。

五番目の理由。

結婚や家庭というものは、確かに幸福ではあるけれど、それと同時に、心のどこかが壊されてゆくような気がするのです。夫を愛するがゆえの失望感とか、家族の中での安らぎという名の無神経とか、妻とか母とかいう立場から来る否応《いやおう》なしの義務とか、そんなものにまみれて、傷つき、いつか心が麻痺《まひ》してゆくというような。

それを時には逞《たくま》しさ、と表現する人もいます。だとしたら、私には逞しさがないのでしょう。

「ううん、あなたの方が逞しいわ。ひとりで生きていってるんだもの。私はダメ、ひとりでなんか到底生きられない」

そう言われたら、私の方が逞しいとも言えるでしょう。

やっぱりよくわかりません。私の不安などに勝る大切なものがそこにはある、ということはわかっているつもりなのですが、やっぱり怖いのです。

そういったものを受け入れる度量がない奴は、結局、その大切なものも手にいれられないということなのでしょう。

結婚するのも人生、シングルでいるのも人生。

恋愛は自分の意志では決められないところがありますが、結婚は意志です。それを選択する意志と、選択しない意志とを、同じ重さで持っていたい。誰にも惑わされず、なにものにもとらわれないで。

たとえ、ずっと後になって後悔することがあっても、それもまたひとつの人生なんだから。誰が何と言おうと、やっぱりこれは自分自身の人生なんだから。

嫌いな奴《やつ》との付き合い方

私のところには色々な手紙が来たり、取材があったりします。

恋愛についての悩み、というのはやはりその中の多くを占めていますが、実は、人間関係、というのもかなりあります。

人は社会の中にいる以上、必ず誰かとかかわって生活していかなくてはなりません。それは好むと好まないとにかかわらず、そうするしか方法がないのです。嫌なら、どこか孤島にでも行って、ひとりで暮らすしかありません。

私も、そうできたらどんなにいいか、と思うことがあります。誰もいないところに行って、余計なことに煩《わずら》わされず、気楽に生きてゆきたいって。

でも、それは無理。だって、朝から晩までずっとひとりで机に向かっていると、やっぱり誰かと話をしたくなってしまうのです。そしてつい、あちこちに電話をかけて「ねえねえ、聞いて」なんてやってしまうのです。

人間関係は煩わしい、なんて思っているのと同じだけ、本当は私、それが大好きなんです。

人間関係にもいろいろありますが、毎日を生活する上において、会社でのそれは大きな位置をしめるのではないかと思います。

私が最初に遭遇した人間関係の戸惑いも、やはり会社勤めを始めた時でした。

それより以前も、もちろんないわけじゃなかったですが、学校に行っている間は友達としての関係がベースです。嫌いな奴とは付き合わなければいい、という対策があります。別に、付き合わなくてもそうそう困ることはなかったですし。

でも、会社勤めはそういうわけにはいきません。こんなオヤジとは居酒屋で隣り合わせても絶対に口をきかない、というような上司や同僚男がいたり、もう会わないで済むなら一発殴ってやるのに、というようなお局《つぼね》さまや後輩ＯＬがいたり。

それでも仕事をする上では、うまく付き合ってゆかなければなりません。そうしなければ、仕事はスムーズに動かなくなり、自分がいちばんしんどい思いをしなければならなくなるのです。

会社勤めをしていると九時から五時まで、あるいはそれ以上の時間を、その中で過ごします。時には恋人や家族より一緒にいる時間が長かったりします。できるだけ快適でありたい、と望むのは当然のことです。

実は私、ＯＬの頃、大嫌いな上司がいました。

なぜそんなに嫌いだったかというと、声がやたらデカかったからです。デカいだけならいいんです。それを特に発揮するのは、人を怒る時です。

大したミスでもないのに、ここぞとばかりオフィス全体に響き渡るような声で怒鳴るのです。相手に事情説明をさせようともしません。ミスは確かに悪い。でも、それを鬼の首でもとったかのように怒る。それはミスを怒るというより、人の自尊心をずたずたにするようなやり方です。日頃の鬱憤《うっぷん》を晴らしているとしか思えません。そのくせエラい奴にはへこへこする。本当にもう典型的に嫌な上司でした。

だから、私は理不尽な怒鳴られ方をする時は「コイツなんかに、絶対に屈伏しないぞ」と思っていました。

特に、自分のミスではないのに説明を聞いてもらえない時なんか、食ってかかるし、ムッとした顔そのままに上司の前に立っていました。意固地になって、何で私が謝らなくちゃならないのと思うわけです。

するとそんな私の態度に腹を立て、上司はますます怒鳴り、逆に私はますます頑《かたく》なになってゆく、という悪循環でした。

ある時、異動があり私の課に男性社員がひとりやって来ました。年齢は私と同じくらい。何だか妙にヘラヘラしている男で、心の中で思わず「ハズレだった」とがっかりしたのを覚えています。

そんな彼も当然、上司に怒鳴られるハメになりました。理由は、取引先から納期に製品が入って来ない、というクレームがついたことです。

でも、それは彼が悪いのではありませんでした。クレームは取引先の営業部から直接来たわけですが、実は三日ほど前に、その取引先の倉庫管理の方から納品を少し待ってくれ、という連絡があったのです。つまり、それは先方の営業と倉庫の連絡ミスだったのです。

いくらヘラヘラしている彼でも、さすがに言い返すだろうと思っていました。こんな正当な理由があるのだし、きっちりそれを申し立てて上司をギャフンと言わせて欲しいという気もありました。なのに、その期待は大きくはずれ、彼はひたすら「申し訳ありません」と、何度も頭を下げるのです。

私は失望して「ふん、やっぱりハズレだわ」なんて思ってました。

それからすぐに、飲み会があって、私は酔ったいきおいで、彼に言いました。

「あの時、どうして自分のせいじゃないって言わなかったの。謝ったりしたら、ますます上司を気分よくさせるだけじゃない。悔しくないの、そんなの」

するとと彼は笑ってこう言いました。

「僕はね、別に上司のために頭を下げたんじゃないよ、早い話、自分のためさ。今、謝っておけば話は早く済むし、仕事もスムーズに進む。だからそうしたまでさ」

私は「うーん」と考え込んでしまいました。

私は上司に頭を下げることを屈伏したような気持ちでいました。何で、こんな奴に、というような気持ちがいつもあったのです。でもそれは、上司のためではなく自分のためだと思えば、そんな自尊心など無駄なのだ、ということに初めて気がついたのです。

嫌いな奴、というのは上司だけでなく、会社にはいろいろいると思います。そういう人に頭を下げたり、笑顔を作ったり、話を合わせたり、何でそんなことをしなければならないのだろうと、屈辱的な気持ちになることもあると思います。

でも、そういうことはすべて、相手のためではなく、自分のため、つまり仕事をはかどらせるためとか、居心地をよくするためのひとつのテクニックなのです。

そう思えば、何で肩肘《かたひじ》張って突っ張ってなくちゃならないんだろうと思えるようになって来ました。

それから、私はなるべくその上司に対して意固地を捨てるようにしました。怒鳴られれば、とりあえず謝る。謝れば、上司も気分がよくなる。早く話も終わる。ヘラヘラの彼みたいにうまくはできなかったですが、それを知っておくのと知らないのとでは、同じ怒鳴られることになっても、ずいぶん気持ちは楽になったと思います。嫌いな奴はどこにもいます。そんな相手には、まず何も期待しない、こうしてもらおうなんて考えない。初めから何もない、こうしてもらえなくて当たり前、と思うようにすれば、怒りも半減します。ちょっと大げさな言い方だけど、無欲になるってことでしょうか。

自尊心は、どんなちっぽけなものでもいつでも人にくっついています。私もそのちっぽけな自尊心をなかなか捨てることができません。だから、人間関係が複雑で面倒臭いものになるのです。

自尊心の使いどころを勘違いしないことです。そうすれば、嫌いな上司も同僚男もお局さまも後輩ＯＬも「結構面白い生きもの」なんてふうに見られるようになるはずです。

そして、もうひとつ。嫌いな相手に対して「嫌っちゃいけない、好きにならなくちゃ」なんて自分に無理強いしないことです。

好きになれないならそれでいいじゃないですか。ただこれ以上、嫌いにならないでおこう、もしくは、ここは嫌いだけれどここはちょっといいかも、というようなリラックスした気分で接していればいいんだと思います。

気の合う好きな人たちとだけ付き合って生活できたら、どんなに快適でしょう。傷つけられることもない、憤《いきどお》りを感じることもない。

けれど、それは傲慢《ごうまん》な考え方というものです。だって自分も誰かを不愉快にしていることもあるのだから、被害者ばかりになっていられないはずです。

人間っていっぱいいます。いろんな人がいて当たり前です。だから面白い。

ドラマに悪役がいないと盛り上がらないのと同じように、人生にもそういう存在があってこそ、ドラマチックに彩《いろど》られるのだと思います。

マドンナにはなれなくても

この世の中は不平等です。

人間、誰もが平等なんていうことはありえません。

努力しても報われないことはたくさんあります。生まれついてのもの、というのもあります。そういうのを見ていると、努力なんて言葉が虚《むな》しくなってしまう。時には、神様を恨んでしまうこともあります。

神様は愛してくれる。その人がどんなに醜かろうと、貧しかろうと、すべてを愛してくれる。だから、人がどういう境遇であろうと構わない。構わないから、人に平等な人生を与えようという気にならなかったんだ。

などと、信心深くない私は、勝手にそう解釈していた時もあります。

不平等だと感じた時、その感情は時に、魔物を呼び起こすことになります。

魔物なんて、何だかちょっとホラーっぽいですけど、私の中にあるそのイメージは、メドゥーサとかサロメというより、やっぱり魔物が似合いなのです。

私が自分の中にそれが住んでいることに最初に目覚めたのは、幼稚園の頃、二軒先に住んでいたミチコちゃんを知った時でした。

彼女の家はとてもお金持ちでした。家はうちとは比較にならないくらい大きくてりっぱで、優しくて綺麗《きれい》なお母さんと、ハンサムなお父さんがいました。そして何より、彼女の持っていたお人形。

その頃、みんなも色々と可愛《かわい》いのを持っていたのですが、ミチコちゃんのはそんじょそこらのお人形とは違います。バービー人形、それも輸入ものだったのです。浅黒い肌と、きつめのメイク、今でいうスーパーモデル人形みたいなのです。

その人形を見た時はショックでした。私が持っている、そしてみんなが持っているどのお人形も色褪《あ》せて見えました。

それから、彼女の家で初めてアップルパイというものを食べました。どういう食べ物かまったく知りませんでした。でも、ミチコちゃんはいかにも食べ慣れていました。驚いたのは、そのアップルパイがお母さんの手作りだったことです。オーブンなんてものさえ、見たことのない時代でした。

ミチコちゃんは本当に可愛い子でした。一緒に幼稚園にいると、先生はいつもミチコちゃんに「天使みたい」と言いました。私が隣りにいるというのに。

私は初めて、世の中には不平等というものがあるということに気がつきました。そしてミチコちゃんはとってもいい子で、私も大好きなのに、一緒にいるともやもやしたものが胸を覆《おお》ってゆくのでした。

私はそれでもミチコちゃんとはいちばんの仲良しでした。だから、ミチコちゃんが引っ越すと聞いた時は、わんわん泣いていました。泣きながら、どこかでホッともしていました。

このままでいったら、ミチコちゃんはちっとも悪くないのに、私はいつか冷たくしてしまうだろう。

そんな自分をミチコちゃんにも、自分自身にも見せたくない、と幼心に考えていたのだと思います。

と、幼い頃のエピソードを持ち出したのは、逃げているのかもしれません。今も時折、魔物が顔を覗《のぞ》かせます。もっと生々しくて、打算が絡《から》んだようなものも。

やはり、それは人に見せるものではありません。それは全部、自分の中で消化させるものです。

でも、これは告白してしまいましょう。とある親しい友人の話です。

彼女は昔からマドンナでした。周りの誰からも愛されました。男たちは彼女を神聖視しています。だからモテるのだけれど、気軽に「付き合ってくれ」というようなノリではなく、一挙に「結婚してください」というものです。遊びなんて、畏《おそ》れ多くて誰もそんなことはしません。

彼女は一回目の結婚に失敗しました。それはとても不幸だったけれど、離婚の話を聞いて、学生時代の男友達や会社の同僚など、少なくとも五人の男が彼女に結婚を申し込みました。子供がふたりいることなど、何の躊躇《ちゅうちょ》にもなりませんでした。

彼女はだからと言って、モテることをひけらかしたりしません。昔から成績もよかったし、スポーツもうまかったし、優しくて、ユーモアがあって、友達としては最高です。

そんな彼女と親しいことを自慢に思いながら、私はやはり心のもやもやを抱かずにはいられませんでした。

だって、私はたったひとりの男の気持ちさえ摑《つか》めずにいるのに、どうして、彼女はあんなにもたくさんの男たちに愛されるのだろう。

私は自分の中の魔物を認めざるをえませんでした。彼女が大好きだったけど、いえ、それゆえに、すごく苦しかった。

そして、そんな私が行き着いたのは「諦《あきら》める」でした。

そうです、私は諦めたのです。

張り合うつもりはないし、到底太刀打ちできる相手ではなかったのですが、そういったものがやはりどこかにあったのでしょう。

私は彼女にはかなわない。

と、強く自分に言い聞かせたのです。

すると、私はとても気が楽になりました。

諦めることを、人はとかく非難しがちです。

「もう少し頑張れ」とか「諦めたらおしまいよ」とか「諦めるのは逃げることなのよ」なんて言います。でも、どうしてそんなに自分を追い詰めなくてはいけないのでしょう。

人間、諦めも必要な時があるはずです。

かなわないものは、かなわない。どんなに望んでも手に入らない。そういったことが確かにあるのですから。

だからといって、自分を責めることなんてありません。いいんです。ひとつを諦めたのであって、すべてを諦めたのではないのだから。またひとつ、何かを見つければいいだけのことなんだから。

諦めてしまえば楽になれるものを、諦めないばっかりに、どんどん深みにはまってゆくってこともあるのです。

諦める、というのは、認める、ということだと思います。

結局は、相手を認め、自分を認める。

そういうことです。

自分を勘違いしている人ほどみっともないものはありません。

最近、私はやっとあることに気がつきました。

私は彼女が羨《うらや》ましかった。人生、かわりたいと思ってました。でも、もし私が顔を整形して彼女と同じにしても、彼女ほど愛されることはなかったでしょう。彼女には持って生まれた華のようなものがあり、それが人の心を動かすのです。その華は、整形などでは到底手に入れられるものではありません。

でも、もしその華の部分も手に入ったとしたら、そして彼女の性格もみんな自分のものになったとしたら、そうしたら私だって。

でも、ようやく気がついたのです。それはもう、私じゃないってことに。ええ、それは私じゃない、彼女なのです。

最近はあまり会えなくなってしまった彼女ですが、きっと幸福に暮らしているでしょう。幸福でいて欲しいと思います。

彼女は私にとっても、マドンナのような人だったのです。

親愛なる「あなた」へ

お元気ですか。

こうしてあなたに手紙を書くのは初めてですね。

長く付き合って来たのに、どうしてそんな機会がなかったのか、と今、改めて思っています。

たぶん、近すぎたから。あまり身近になりすぎると、今さら気恥ずかしくて、手紙を書こうなんて気にはならないですからね。でもせっかく書くことにしたのだから、恥ずかしがるのはやめて、いろんなことを文字にしてみたいと思っています。

あなたとは本当に長い付き合いで、その間には様々なことがありました。ありきたりの言い方だけれど、嬉《うれ》しいことも悲しいことも。期待でいっぱいになったことも、絶望した時も。どんな時も、私たちは一緒でした。

だから、あなたのことはとっても好きなのに、正直言うと、今まで何回も嫌いになったことがあります。

覚えてますか？　小学校の時、近所の文房具屋の玄関の戸を壊したのはあなたでしょう。自転車ぶつけて。なのに謝りもしないであなたは逃げた。私、見てたんです。あれはいけない。なんて子なの、と失望しました。

それから中学の時に、どうしても好きになれない女の子がいて、その子に面と向かって「あんたなんか最低！」と言ったでしょう。あの子、すごく傷ついてた。

そしてあなたも。言ったことを後悔しても後の祭り。今もそのことを思い出すと胸がキリキリしてるはずです。言葉がどれほど人を傷つけるか、あの時、あなたは知ったんですよね。

そう言えば高校の時、バスケットの練習試合の日、熱を出したって嘘《うそ》をついてサボったこともあったでしょう。ただでさえ人数が少なくて、みんな大変だったんだから、あれは反省しなさい。

二十代には病気もして、入院したりもして、今思うと、あなたにとってはあまりいい年代ではなかったかもしれません。気弱になってましたもんね。私がどんなに言葉をかけても、落ち込んでいましたっけ。

でも、考えてみれば、今のあなたは、あの時のあなたから生まれて来たのです。その時々に、不運だと思うことがあっても、それが幸運のきっかけになってくれることもあるのです。そのこと、この間もたくさん話しましたよね。

「人生は最後まで生きてみなければわからない」

なんて、あなたがあんまりマジな顔つきで言うものだから、つい笑ってしまったけれど、本当はその通りだって私もしみじみ感じていたんです。

死にたい、って思ったこと、少なくとも二回はありますよね。

一度目は中学の時。イジメられて、と言うより、不良たちに目をつけられて、呼び出されたり殴られたりもしたでしょう。あの時、屋上から飛び降りてやりたいって、本気で考えていたこと、ちゃんと知っています。でも頑張ったね。最後は負けなかった。死ななくて、本当によかった。

二度目は失恋。泣いてましたね。私はどうすることもできなくて、ただハラハラして見てるしかなくて。ああいう時は、誰が何を言っても無駄だってこと知っていたから。

思った通り、時間が解決してくれました。ちょっとかかったけど、それもよく頑張ったと思います。「もう大丈夫」って、そのこと、笑顔で話してくれた時は本当にホッとしました。

そんなふうに、よくふたりで話しましたね。

お酒を飲みながら、一晩中ってこともありました。

二十代の頃は、恋愛や結婚のことばかりだったような気がします。でも今は、仕事のことをよく話すようになりました。今、あなたがどんなに仕事を大切に思い、楽しさを味わい、そして苦労しているか、これでもよくわかっているつもりです。応援してます。仕事をしているあなたのこと、私はとても好きです。

それから、最近はどうやって年をとってゆけばいいのかってことも、よく話題にのぼるようになりました。

「自分の年齢を追いかけるのに必死で、肩でふうふう息してるって状態」だって、あなたは言いました。そうですね、自分がこんな年になるなんて考えてもみませんでした。もう十分に大人だもの、世間から見れば。

なのに「大人です」と胸を張れるような生き方は全然できてない。このままずっと、年齢を追っかけながら生きてゆかなくちゃいけないのかなと思うと、私も不安です。

でも、もしかしたらそれは誰もが感じてることなのかもしれません。

今まで、いろんなことがありました。これからだって、いろんなことがあるでしょう。いいことも悪いこともひっくるめて。

ひとりで生きてゆくのは心細いこともあるだろうけど、あなたが自分で選んだ道だから、後悔はしてないでしょう。あら、ごめん。これから先もひとりかどうかはわからないわよね。もしかしたら最高のパートナーとめぐり会うかもしれないし。そうなったら、真っ先に紹介してね。

ただ、あなたは男を見る目があんまりないのが心配。まだタチの悪いのにはひっかかってないけど、あなたを愛してくれない男にばかり恋をしてしまうってことが多いでしょう。

基本的に面食いなのがネックかもね。私からすればさほどハンサムとは思えないけど、あなたは自分のタイプの男と会うと、ついクラクラしてしまう。それで何度も失敗したくせに、全然懲《こ》りないんだから。

「恋に学習はない」ってあなたは言うけど、そんな言い訳してないで、ちょっと気をつけた方がいいと思います。

ついでだから、もう少し注意を。

飲み過ぎには気をつけること。夜中にトイレに顔を突っ込んでる姿は、どう見たって情けないから。酔ってはしゃぎ過ぎるのもやめること。お喋《しゃべ》りが過ぎた翌日、精神的二日酔いに参っているでしょう。自己嫌悪《けんお》にまみれながら。もっと落ち着いて飲みなさい。

電話魔になるのもよくないな。あなたは酔ってるから勢いがついてるけど、相手の方は迷惑でしかないんだから。いつか嫌われてしまうかも。

それから自意識過剰なところがあるから、それも気をつけた方がいいです。自分が他人にどう思われているか気にするほど、他人は深く考えていないものです。

そうそう、短気なところもある。もっと大らかになった方がいいと思います。そのくせ、人には短気だと思われたくないから、つい大らかにみせて、後でぐったりするのは自分じゃないですか。

あとね、家の中でももう少しキチンとした格好をすること。あんなヨレヨレのTシャツにくたくたのジーパン姿じゃ、宅配便の人と顔を合わすのも恥ずかしいでしょう。

最後に、もう少しマメにお料理をしなさい。一人前だけだと材料が無駄になるってこともあって、手抜きしがちだけど、そろそろ健康のこともきちんと考えた方がいいんじゃないですか。自分の健康管理がきちっとできるってことも、大人としての条件ですから。

なんて、いろいろ言ってしまいました。

もしかして、気を悪くしてますか？

それを覚悟で言ったところもあるから、まあ、しょうがないけれど。

でも、これからもあなたとはずっと一緒です。切っても切れない縁というものがあるとしたら、あなたと私はきっとそれです。

どんなことがあっても、私がいるから。

誰がいなくなっても、私がいるから。

それだけは約束するから。

だから、元気で。

親愛なる「あなた」、という私へ

私、という「あなた」より

時がおしえてくれること

決して大人ぶるわけではないのですが、やはり年齢を重ねなければわからないこと、というものがあります。

もちろん、年若くして大人の考えを持った人もいるし、年をとっても、いつまでも子供じみてる人もいます。年齢じゃない、と言われれば強くは主張できないのですが、私にはそう思えることがたくさんあります。

あの頃、気づかなかったこと。でも、今になってわかること。そういったことをいくつか書いてみます。

恋のこと。

かつて、私の中には「彼のため」という大義名分を勝手にしょっていた自分がいました。優しくするのは彼のため。綺麗《きれい》になりたいのも彼のため。こんなことを言ったら彼に嫌われるかもしれないから黙っていよう。彼に言われた言葉でとても傷ついたけど我慢しよう。これもみんな彼のため。彼が気分がよければ、私も幸せになれるのだから。だから、決して恩着せがましくしないでおこう。見返りなんて期待しないでおこう。だって、それが本当の愛というものだから。もし、彼が私から離れてゆくことがあっても、恨んだりしない。むしろ「ありがとう」と言えるような女であろう。

なんて言うのは、勝手に酔いしれていただけです。

綺麗事に聞こえるかもしれませんが、私の頭の中には、愛情とは何も求めない無償のものでなければならない、という観念があったような気がします。それは言葉を変えれば、純粋であったとも言えるでしょう。

でもそんなもの、よくよく考えてみれば、私にあるはずがありませんでした。そうあって欲しい、そうあるはずだ、とただ必死に自分に思い込ませていたのです。

私は何にも気づいていませんでした。

彼のため、というのは全部、私のため、であるということに。

優しくされたいから優しくするのです。誉《ほ》められたいから綺麗にするのです。何も言い返さないのも、我慢するのも、みんな何かと引き替えです。

今になってわかります。恋とは本当は欲深いものだということ。そして、それはいけないことでも恥ずかしいことでもないのだということ。

欲にまみれて、愛をせがんで、その果てに行き着くのが無欲なのでしょう。

だからこそ、別れた後、こういうことを口にする女性にだけはならないでおきたい。

「あんなに尽くしたのに」

彼に尽くしたのではなく、自分に尽くしたのです。自分に投資して、自分に失敗したのです。彼を愛したのではなく、彼を愛した自分を愛したのです。

あの時、このことがもっとわかっていたら、私はあんなに傷つかずに済んだかもしれません。


若い頃、とは言っても二十代の頃、自分よりずっと年上の女性のことを、私はどこかで見縊《みくび》っていたような気がします。

私には私の楽しい世界があって、年上の女性には、こんな私の楽しいことなんて何もわからないんだろうな、というような。

私が理解できるのは同い年か、せいぜいがふたつみっつ離れた範囲です。同じようなファッションをして、同じような音楽を聴いて、同じようなテレビを観《み》ている。つまり、そういったことでしか、共通するものが見つけられなかったのです。

ずっと年上の女性に、いつもニコニコと笑い「いいわね、あなたが羨《うらや》ましいわ」なんて言ってくれる人と、いつも不機嫌そうで、何かと言うと「今時の若い子は」と文句を言う人とがいました。

私は当然、ニコニコ先輩の方が好きでした。いえ、好きというよりラクでした。年上女性は優しいのがいちばんと思っていたからです。逆に、不機嫌女性を見て、どんなに年をくってもああはなりたくないと思ったものです。

私は今、その女性たちより年上になりました。

そして、やっとわかるのです。ニコニコ女性が、ニコニコしながら本当は何を考えていたかということ。不機嫌女性が、ムスッとしながら本当は何を言いたかったのかということ。

そのことを考えるたび、私はあの頃の自分の傲慢《ごうまん》と無知がはずかしくてたまりません。

三十歳を過ぎたらキスなんかしないと思っていました。もちろん、恋愛感情なんて湧《わ》くはずがない。恋もキスも、似合うのは若くて美しい頃だけ、と思っていたのです。

三十代には三十代なりの、四十代は四十代なりの、そして五十代、六十代と、その時なりにそれは確かにあるのです。

気がつくのは、その年代に自分がなった時です。たとえ知識や情報としてわかったような気がしても、ハートそのものでは絶対にわかりません。

そして、汚いと思っていたことが実はとても美しかったり、美しいと思っていたことが薄汚れていたり、そんなことが新たに見えて来たりするのです。

見えることが、決して幸福だとは思っていないけれど、たとえば小さい時に「どうして大人はこんな苦いものが好きなのだろう」と思っていたビールをおいしいと感じた時のささやかな感動のようなものはあります。

時には、その苦さに押しつぶされてしまいそうなくらい、強い気持ちにかられることもあるのです。

かつて、答えの出ない恋は「終わらせる」という方法しか知りませんでした。

この人と結婚できない、だったら別れるしかない、というように。

そんな私も、違う選択もあるのだ、ということを知ったような気がします。

会えなくてもいい、言葉を交わせなくてもいい、その人がちゃんと幸福でいてさえくれたら。

私は他に好きな男も作るでしょう。毎日、その人のことを考えているわけでもありません。けれど、私の中にはいつもその人がいるのです。

男と女の関係は、愛情からいつか情愛へと変わってゆく。その人は言いました。それには長い月日が必要でしょう。それがわかる年齢に、今、やっとなりつつあるような気がしています。


年をとってゆく、ということを考えるのは、あまり楽しい作業ではありません。できたら、そんなことは気にしないで生きていった方がずっと幸福です。

それをわかっていながら、私は年齢を数え、鏡を覗《のぞ》き込み、ため息をつきます。

そして不安にかられたり、腹立たしくなったり、時には泣いてしまったりします。

こんな私が、将来に待っているとは、あの頃の私は、少しも考えていませんでした。

そして、これから先、どんな私が待ち受けているのかも、今の私にはわかりません。

とても怖くて、少し楽しみ。

少し哀《かな》しくて、とても不安。

そのくせ、何だか笑ってしまいたい気分でもあるのです。

文庫版　あとがき

エッセイを一篇ずつ書き、それがまとまって単行本になり、やがてこうして文庫になる。

それまでにかなりの時間があります。

そして、実はその時間が、私にとって冷汗ものになってしまうのです。

あの時、自分がどんな情けない状態だったか。

今回、読み直して、思わず頭を抱え込んでしまうくらい、はっきりと蘇《よみがえ》ってきました。

仕事がうまくいかなくて、悲観的なことばかり考えてました。その上、手ひどい失恋をしたばかりでした。うまく眠れず、吹出物に悩んでいたにもかかわらず、気持ちを紛らわすために食べることに走って、顎《あご》が二重になっていました。

本当にしんどかった。

そんなこんなを思い出し、みっともないやら恥ずかしいやら、ただただ顔を赤くするばかりです。

想《おも》いばかりが先走って、言葉足らずだったり、説明不足だったりしている部分や、強がってみせたり、えらそうな口調だったりという拙《つたな》さもたくさんあって、これではいけないと、いろいろと手を加える作業をしてみました。けれども、そのうちに、あまりそれをやり過ぎると却《かえ》って意味がなくなってしまうのではないか、という思いに至りました。

多少、言い訳っぽいのですが、あの時のあんな状態だったからこそ書けたのだ、と、今はそれを大切にしようと思っています。

エッセイを書く時、いつも思います。

自分が、恋愛とか、友情とか、仕事とか、ましてや人生なんて語れるような人間か。

本当にそうです。

おこがましいことは、じゅうじゅう承知しています。

それでも、私の中で、そういうことを飽きもせず、ああでもないこうでもないと、語りあってゆきたい気持ちがあるのです。

一方的に書いているように思われるかもしれませんが、私にとってのエッセイは、やはり読んでくださる方との語りあいなのです。

最後になりましたが、お忙しい中、素敵な解説で私を勇気づけてくれた中山庸子さんに、心から感謝します。

あなたの胸に響く何かが、この本の中にあってくれますように。

二〇〇一年八月

唯川　恵

解説

中山庸子

人間関係のトラブルも恋愛の悩みも、世の中では数限りなく繰り返されてきたことであっても、はじめてその場面に遭遇した本人にとっては、強い衝撃であり解決の糸口のない難問のように感じられるものです。

そして、たった今の自分が抱え立ちすくんでしまっている問題について誰かに話したい、わかってもらいたい、助けてほしい……と思う気持ちがわいてくることでしょう。

しかし、その「誰か」とは誰なのか。

親友や仲間、上司や先輩、親や兄弟。彼らは確かに身近にいるし頼りになる存在ではあるけれど、その誰にどう打ち明けるか、でまた悩んでしまう人もいるのではないでしょうか。自分の抱える問題が実はそんなに「ドラマチックな大事件」ではないことは本人もわかっているのです。

ちょっとした相手の一言に傷ついたことや、何日か連絡がつかないだけで不安になる気持ちを友達に打ち明けたところで「そんなことで悩んでるなんて大げさねー、私なんてもっと大変なんだから」と簡単に話を変えられてしまったら、ますます落ち込んでしまいそう。

また、その誰かに話した内容を、他の人たちに吹聴《ふいちょう》されやしないか、などと考えはじめると、打ち明け話や相談もなかなか難しいということになってしまいます。

少なくとも私はそんなふうに考えがちな人間なので「あの人に相談しよう」とはっきり心が決まらない時には、仕事の帰りに本屋さんに寄って、例えば『「さよなら」が知ってるたくさんのこと』というタイトルの本を手にするわけです。

そして、濃い目にいれたコーヒーとクッキーやチョコレートを手に、自分の部屋に直行し、本のページを開くのでした。

唯川さんの書かれる小説やエッセイを評して、よく「等身大」という言葉がつかわれます。等身大とは、自分の身の丈と同じ大きさ、あるいは自分の境遇や能力に見合っていることを指す言葉です。

もし唯川さんが「そんな程度のことで悩むなんて大げさよ」とか「悩んでいるのは自分ひとりだと思っているんでしょ」というような括《くく》った言い方をする人だったら、決して「等身大」とは呼ばれないし、こんなに多くの読者の支持を得なかったはず、私はそう思っています。

この本の中でも、好きな彼に愛されなかった三人の女性（J子・K美・H子）の話を通して

「愛されなかったことを卑屈に思わないで」

という優しくて心強い言葉を贈ってくれました。

果たして、この言葉にグッと来ない女性がいるでしょうか。

あなたのどこかが悪かったから彼をゲットできなかったと指摘するのでなく、あなたが人を好きになるのに理屈を超えるものがあるのと同様、相手に愛されない、あるいは相手が別の誰かを好きだとしても、それはやはり理屈を超える何かがあったからで、決してあなたの責任ではない、と言い切ってくれるのです。

その一言で、愛されなかった事実に傷つき、自分の価値さえ見失ってしまいそうだった何人もの女性が、事実は事実として受け入れ、もう一度しっかり背筋を伸ばして生きていくための勇気や誇りを取り戻すことでしょう。

今の私は、相変わらず本屋さんで「相談相手」を探しながらも、自分の本を読んでくださった方が少しでも「元気」を取り戻せたら、という気持ちで文章を綴《つづ》っています。

そういう意味で、唯川さんの本は、私の相談相手でもあり、私の本もまた、唯川さんの本のようでありたいと思っています。

さて、別のページでは「男について、少しだけわかったこと」を、そっと（ただしかなりシビアに）教えてくれます。（ちょっとだけ）年上の私でさえ、「そうか、そういうことだったんだ」と目からウロコの提言もあれば、そうそうと膝《ひざ》を叩《たた》くような指摘があったりで、本当に嬉《うれ》しい限りでした。

その1「男はなめてかかれ」

ウーン、すごく新鮮、でも納得。そうか、気を遣いすぎての敗北っていうのがあるんだなあ、もっと早くに気づいていればね、ブツブツ。

そして、その7「藁《わら》をもつかむ思いでつかんだものは、絶対に藁だ」

この指摘もきついけれど、こちらは私の持論にも近いものがあって、同感・同感。

時々「中山さんの本には、ほとんど恋愛のことが出てこないけれど、どうしてですか」と聞かれることがあります。「いやー、その辺りの文は難しいんで」などと要領を得ない返事で逃げてしまうのですが、確かにほとんど出てこないですねー。

私だって別に恋愛嫌いというわけではないのです。ただ、自分の中で恋愛べたという意識が強すぎて、なかなか筆が進まないというのが本音です。

実は、これも唯川さんの指摘で大いに納得したのですが、要は「照れ屋」なんですね。そして、ここに書かれている通り、照れ屋の自分というものをこんなふうに考えていました。

照れくさいから女っぽく振舞えないし、場を盛り上げようと自分なりに仕切ってるうちに、結局おいしいところは「ぶりっこ」に持っていかれる、というのがいつものパターン。

誉められればますます照れて妙なことを口走ってしまうし、もし相手から多少とも好意らしきものをほのめかされたら、ソワソワ落ち着かなくなってついはぐらかすことに一生懸命になってしまう。

まさに典型的な「照れ屋」なんだから、もてなくても仕方ない、と思い込んでいたし、そういうことに関心がないフリをしている面があったのも否定できません。

しかし、「私は照れ屋だから」を自分自身の言い訳にしないこと、と言われて確かに言い訳してごまかしていた自分に気づいたのです。

内心、このままでいいと思っていないことは、自分の中にある男性陣からチヤホヤされている「すべてのもてる女性たち」への飽くなき妬《ねた》み心が証明しているのでした。

「照れてはいけない、恥ずかしがるのはいいけど」

「男はなめてかかれ」

このふたつを、これからの「座右の銘」にしよう、と思っているところです。

また、この本を読まれた方に特におすすめしたいのが、「親愛なる『あなた』へ」という書き出しの自分宛《あ》ての手紙を書くこと。

私自身、長いこと日記もつけてきたし「夢ノート」もつけているのですが、自分へ宛てた手紙は書いたことがなかったのです。

そして、この本の読後、唯川さんの真似《まね》をして自分への手紙を書いてみました。日記や「夢ノート」で見つけた自分とは、ちょっと表情の違うナイーブな一面を発見したようで、そんな自分のことが何だか愛《いと》しく感じられました。

「親愛なる『あなた』へ」の中で唯川さんは
「ひとりで生きてゆくのは心細いこともあるだろうけど、あなたが自分で選んだ道だから、後悔はしてないでしょう。あら、ごめん。これから先もひとりかどうかはわからないわよね。もしかしたら最高のパートナーとめぐり会うかもしれないし。そうなったら、真っ先に紹介してね」

と記しています。

その予言通り「ひとり暮らし」から「ふたり暮らし」になられ、暖かい部屋の眺めのいい窓から、また一味おとなの「恋愛を巡る魅力的な風景」を描き続けられていることを嬉しく思うと同時に、いつか直に、私が「座右の銘」として選んだふたつについてのレクチャーを受けてみたい、と心密《ひそ》かに願っているところなのです。

（平成十三年八月、エッセイスト）

この作品は平成八年八月大和書房より刊行された。

唯川恵著
あなたが欲しい
満ち足りていたはずの日々が、あの日からゆらぎ出した。気づいてはいけない恋。でも、忘れることもできない―静かで激しい恋愛小説。

唯川恵著
夜明け前に会いたい
その恋は不意に訪れた。すれ違って嫌いになりたくて、でも、世界中の誰よりもあなたを失いたくない――純度100％のラブストーリー。

唯川恵著
恋人たちの誤算
愛なんか信じない流実子と、愛がなければ生きられない侑里。それぞれの「幸福」を摑むための闘いが始まった――これはあなたの物語。

江國香織著
きらきらひかる
二人は全てを許し合って結婚した、筈だった……。妻はアル中、夫はホモ。セックスレスの奇妙な新婚夫婦を軸に描く、素敵な愛の物語。

江國香織著
ホリー・ガーデン
果歩と静枝は幼なじみ。二人はいつも一緒だった。30歳を目前にしたいまでも……。対照的な女性二人が織りなす、心洗われる長編小説。

江國香織著
流しのしたの骨
夜の散歩が習慣の19歳の私と、タイプの違う二人の姉、小さな弟、家族想いの両親。少し奇妙な家族の半年を描く、静かで心地よい物語。

湯本香樹実著

夏の庭
—The Friends—
米ミルドレッド・バチェルダー賞受賞

死への興味から、生ける屍のような老人を「観察」し始めた少年たち。いつしか双方の間に、深く不思議な交流が生まれるのだが……。

湯本香樹実著

ポプラの秋

不気味な大家のおばあさんは、ある日私に奇妙な話を持ちかけた——。『夏の庭』で世界中の注目を浴びた著者が贈る文庫書下ろし。

阿川佐和子・角田光代・沢村凜・柴田よしき・谷村志穂・乃南アサ・松尾由美・三浦しをん著

最後の恋
—つまり、自分史上最高の恋。—

8人の女性作家が繰り広げる「最後の恋」をテーマにした競演。経験してきたすべての恋を肯定したくなるような珠玉のアンソロジー。

佐藤多佳子著

しゃべれども　しゃべれども

頑固でめっぽう気が短い。おまけに女の気持ちにゃとんと疎い。この俺に話し方を教えろって？「読後いい人になってる」率100％小説。

佐藤多佳子著

サマータイム

友情、って呼ぶにはためらいがある。だから、眩しくて大切な、あの夏。広一くんとぼくと佳奈。セカイを知り始める一瞬を映した四篇。

佐藤多佳子著

神様がくれた指

都会の片隅で出会ったのは、怪我をしたスリとオケラの占い師。「偶然」という魔法に導かれた都会のアドベンチャーゲームが始まる。

「さよなら」が知《し》ってるたくさんのこと

新潮文庫　ゆ－７－４

平成十三年十月一日　発行
平成二十四年三月二十五日　三十一刷

著者　唯《ゆい》川《かわ》恵《けい》

発行者　佐藤隆信

発行所　株式会社　新潮社
郵便番号　一六二―八七一一
東京都新宿区矢来町七一
電話　編集部(〇三)三二六六―五四四〇
読者係(〇三)三二六六―五一一一
http://www.shinchosha.co.jp

価格はカバーに表示してあります。

乱丁・落丁本は、ご面倒ですが小社読者係宛ご送付ください。送料小社負担にてお取替えいたします。

印刷・株式会社光邦　製本・憲専堂製本株式会社

ISBN978-4-10-133424-0 C0195